書泉出版社

書泉出版社

書泉出版社

書泉出版社

日檢N1-N5合格，助詞，一本搞定

Newest Japanese Grammar

東吳大學日文補教資深名師
教你學會正確的日語文法

潘東正——著
潮田耕一 校正/錄音

推薦序

約莫十餘年前，正好我在南陽街教授托福GRE等留學英語。當時，應救國團的邀請，協助青年服務社開創新的語文班，因此結識了幾位認真負責、創意十足的好老師。教日語的潘東正老師，正是其中教學表現突出的一位。

在現代聲色誘惑的環境中，光怪陸離的社會裡，能靜心向學，學習語言從基礎直到初、中、高級而毫不懈怠的學生，固然鳳毛麟角；但是能視學生若友人，且循循善誘、誨人不倦的老師，更是難能可貴，潘老師正是如此難得的好老師。

雖然，我曾兼任華視訓練中心的英、日語教學策劃，達五年之久，但是我於日語教學是個門外漢，任何日語教材對我而言均十分陌生。然而我仍斗膽為文，向讀者介紹潘老師及其編著的一系列日語叢書，原因有二：一為日語和韓語在語音和語法上，頗多相近之處。而我在大學時即主修韓語，韓國友人中有不少學日語者，他們僅學習一年半載，即對答如流，使得我對於日語有一份親近感；二為大約在1995年至1998年間，潘老師編寫此一系列日語叢書時，我正主持西蒙出版社，目睹潘老師孜孜不倦地埋首於編寫日語教材講義中，於是請他將其心血付梓印行，潘老師則商請日籍人士吉村正子老師審稿校正。發行後果然一版再版，對當時參加日本語能力試驗（日文檢定）的學生們，在日語學習上產生極大的助益。

最近，我與五南主編黃惠娟小姐談及此事，便極力推薦此一系列叢書，她欣然接受，並予刊印發行，同時請我撰寫推薦序，我亦樂於推薦。相信此套叢書必能使學習者有所啟發，讀者們若用心閱讀與練習，肯定獲益匪淺！

全球模考股份有限公司
董事長兼總經理
高志豪

序

助詞在日文中具有極重要的地位，它本身不會有變化，主要的功能使句子語意更完整清晰，試看下列句子便可知：

私(わたし)**は**、　電車(でんしゃ)**で**　学校(がっこう)**へ**　行(い)く。

（強調述語）　（憑藉工具）　（動作方向）

（我要坐電車去學校）

若學習者對助詞用法不甚了解，極易產生誤解。例如：

誰(だれ)**が**待(ま)っていますか。

（是誰正在等？）

誰(だれ)**を**待(ま)っていますか。

（正在等誰？）

這兩句話語意完全不同，因此本書即針對學習者的盲點，將助詞快速剖析，使學習者事半功倍。

本書之再版，承蒙五南出版社副總編輯黃惠娟、編輯胡天如等，竭盡心力，高志豪老師予以多方支持指導，日籍吉村正子老師細心校對，得以順利完成，作者在此由衷致謝。

—致本書的學習者—

本書將日文助詞依序重點整理，主要的編排方式如下：

と 的用法與例句

助詞用法的說明 — 表示事物的列舉

例句

以例句說明助詞的意思 — 1. 肉(にく)と 魚(さかな)と 卵(たまご)を 用意(ようい)しました。

（準備了肉、魚、蛋。）

2. 秀雄(ひでお)さんと 健(たけし)さんは 兄弟(きょうだい)です。

（秀雄和小健是兄弟。）

學習者常犯錯的地方及應考注意事項 — 注意

「と」與「や」同樣表示事物的列舉，其差別如下：

「と」：列舉所見所有的事物。例如：

字典(じてん)と 本(ほん)が ある。

（有字典和書）→全部有兩種東西

「や」：列舉所見部分事物。例如：

市場(いちば)に 食(た)べ物(もの)や 野菜(やさい)が ある。

（市場有食物呀、蔬菜之類的東西。）→不只兩種東西

另外，為了說明助詞的用法，例句中也提到一些文法問題，在此扼要整理，以便讀者學習。

有關於「動詞」「形容詞」（い形容詞）「形容動詞」（な形容詞）的認識與變化如下：

動詞的特徵與變化

動詞是在表示主語的動作內容性質或特徵的語詞，由於詞尾變化的不同而區分為五種：

1.**五段動詞**（Ⅰ類動詞）　4.**力行變格動詞**（Ⅲ類動詞）

2.**上一段動詞**（Ⅱ類動詞）5.**サ行變格動詞**。（Ⅲ類動詞）

3.**下一段動詞**（Ⅱ類動詞）

1.五段動詞的認識與變化：

⑴五段動詞區分的方法：

①動詞第 3 變化（又稱原形或「辞書形」，字典中以此形態出現）的詞尾為「る」以外的「う」段音者。例如：会う（見面）、聞く（聽）、泳ぐ（游泳）、話す（說）、持つ（帶著）

②動詞第 3 變化的詞尾是「る」，而「る」的前一個音是「あ段」、「う段」、「お段」音者。例如：掛かる、売る、取る

⑵五段動詞的詞尾變化：

要訣：詞幹不變，只有詞尾在變，現以「一」為詞幹，一・五、二、三、三、四、四為詞尾，表列公式如下：

1	2	3	4	5	6
——一・ ——五	——二	——三	——三	——四	——四

說明：找出動詞第3變化的詞尾音在50音圖中屬於哪一行，自該行第一個音算起，按照一、二、三、三、四、四、五的順序填入6個變化表格中

即可（五段動詞第1變化有兩個）。例如「読む（讀）」的詞尾音為「む」，屬於50音中的「ま」行，即按照ま、み、む、む、め、め、も的詞尾音順序填入公式如下：

1	2	3	4	5	6
読ま 読も	読み	読む	読む	読め	読め

(3)上一段動詞的認識與變化：動詞第 3 變化的詞尾是「る」，而「る」的前一個音為「い段」音者。例如：

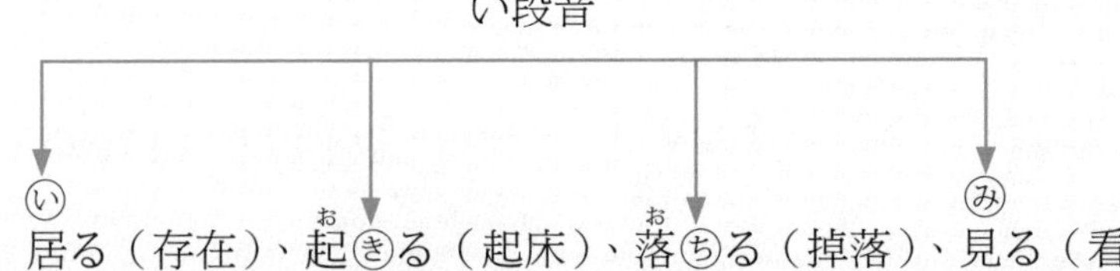

(4)下一段動詞的認識與變化：動詞第 3 變化的詞尾是「る」、而「る」的前一個音為「え段」音者。例如：

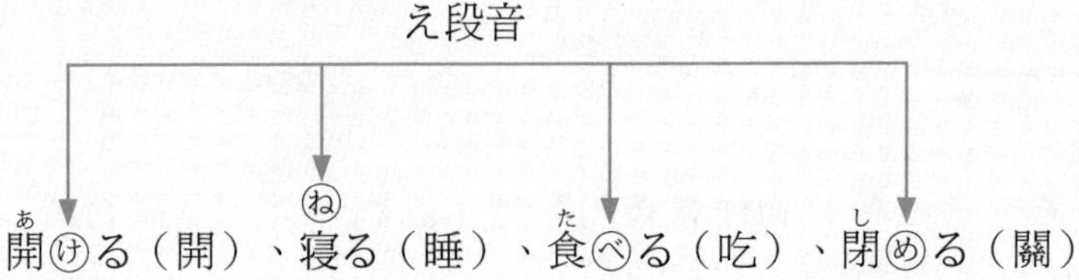

(5)上一段與下一段動詞的詞尾變化：詞尾變化方式相同。

要訣：詞幹不變，只有詞尾在變，現以「—」為詞幹，表列公式如下：

1	2	3	4	5	6
——	——	——る	——る	——れ	——ろ ——よ

說明：第1、2變化只有詞幹，第3、4變化相同，第4、5、6變化的詞尾為「る」「れ」「ろ」，第6變化再多填入「一よ」。現以「居る（在）」（上一段動詞）與「寝る（睡）」（下一段動詞）為例，套

入公式如下：

1	2	3	4	5	6
居(い)	居(い)	居(い)る	居(い)る	居(い)れ	居(い) ろ よ
寝(ね)	寝(ね)	寝(ね)る	寝(ね)る	寝(ね)れ	寝(ね) ろ よ

⑹カ行變格動詞（来る）的詞尾變化：6 種變化皆不規則，死背較快。如下表：

1	2	3	4	5	6
来(こ)	来(き)	来(く)る	来(く)る	来(く)れ	来(く)い

⑺サ行變格動詞（する）的詞尾變化：6 種變化也不規則，死背較快。如下表：

1	2	3	4	5	6
さ • し • せ	し	する	する	すれ	せよ しろ

注意

「する」常與帶有**動作意義**的名詞、副詞、外來語結合成「複合動詞」。例如：

結婚(けっこん)する（結婚）　はっきりする（弄清楚）

サインする（簽名）…

其詞尾變化方式與「する」相同。例如：

1	2	3	4	5	6
さ 結婚し せ	結婚し	結婚する	結婚する	結婚すれ	結婚 せよ しろ

形容詞的特徵與變化

形容詞（又稱：い形容詞）是在形容主語的內容性質或狀態特徵的語詞，常見的形容詞（第3變化）多為「一、**兩個漢字**（漢字中多可猜出字意）十一、**兩個假名（詞尾為い）**」所組成，例如：寒(さむ)い（寒冷的）、明(あか)るい（明亮的）、美味(おい)しい（美味的）…。

形容詞的詞幹不會有變化，只有詞尾在變化，變化有 5 種，現以「—」表示詞幹，表列公式如下：

1	2	3	4	5
——かろ	——かっ ——く	——い	——い	——けれ

如以「寒(さむ)い」為例，「寒(さむ)」是詞幹，套入公式如下：

1	2	3	4	5
寒かろ	寒かっ 寒く	寒い	寒い	寒けれ

形容動詞的特徵與變化

形容動詞（又稱：な形容詞）的詞幹以「—」表示，其詞尾的變化如下：

1	2	3	4	5
——だろ	——だっ ——で ——に	——だ	——な	——なら

以詞幹「親切(しんせつ)」為例，套入公式如下：

1	2	3	4	5
親切だろ	親切だっ 親切で 親切に	親切だ	親切な	親切なら

現代日語文法用語參考表

詞性＼變化	1	2	3	4	5	6
動　　詞	未然形	連用形	終止形	連体形	假定形	命令形
形 容 詞	"	"	"	"	"	×
形容動詞	"	"	"	"	"	×

有關日語文法的說明書多以未然形……等來解說文法問題，作者為了使讀者易讀易懂，本書多以1、2、3、4、5、6（變化）來表示，請自行參照。

目　錄

い的用法與例句

1

表示「疑問」或「詢問」（多為男性使用）

例句

1. あの人（ひと）、誰（だれ）だい。
（那人是誰？）

2. 酒（さけ）を　飲（の）んだかい。
（喝酒了嗎？）

3. どうだい、元気（げんき）かい。
（怎麼樣？精神好嗎？）

表示「責備語氣」（男性用語）

例句

1. 何（なに）を　しているんだい。
（你在做什麼呀？）

2. 嘘（うそ）だい。僕（ぼく）は　そんなことは　やっていないよ。
（胡說！我沒有幹那種事喲！）

表示「加強語氣」（男性用語）

例句

1. 勝手（かって）に　しろい。
（隨你便！）

2. 大変（たいへん）だあい。
（不得了啦！）

か的用法與例句

2

表示「疑問」或「詢問」

例句

1. 皇居(こうきょ)は　どこですか。
（皇宮在哪裏？）

2. どれが　あなたの　ノートですか。
（哪一本是你的筆記呢？）

常接於「疑問詞」後、表示「不能確定的事情」

例句

1. 日曜日(にちようび)に　どこかへ　行(い)きますか。
（禮拜天有沒有要去哪裏呢？）

2. いつか　また　日本(にほん)へ　来(き)ます。
（總有一天會再到日本來。）

3. 何(なに)を　食(た)べたか、分(わ)かりません。
（不清楚吃了什麼。）

表示「勸誘」或「請求對方」

例句

1. 一緒(いっしょ)に　帰(かえ)りましょうか。
（一起回家吧！）

2. 野球(やきゅう)を　しませんか。
（要不要打棒球？）

3. ドアを 開(あ)けて 下(くだ)さいませんか。
（可否請把門開起來？）

2

か

以「疑問的句型」表示「強調的語氣」

例句

1. そんな人(ひと)が　いるのですか。

（居然有那種人！）

2. 夢(ゆめ)が　果(はた)して　実現(じつげん)するだろうか。

（夢想果真會實現嗎？）

表示「選擇」

例句

1. 鳥肉(とりにく)か　豚肉(ぶたにく)を　買(か)いましょう。

（買雞肉或豬肉吧！）

2. 行(い)くか 行(い)かないか　明日　決(き)めます。

（去或不去明天決定。）

3. 美味(おい)しいか どうか　分(わ)かりません。

（不知道是不是好吃。）

表示「責備的語氣」

例句

1. だめじゃないか、パスポートを　なくして。

（護照是不能掉的，不是嗎？）

2. 何度(なんど)も　言(い)ったのに、未(ま)だ　理解(りかい)できないのですか。

（已經說了好幾次了，難道還不明白嗎？）

表示「自己不能確定的推測」

例句

1. 風邪(かぜ)の せいか、頭(あたま)が　痛(いた)いようです。

（不知是否因為感冒、覺得頭痛。）

2

2. 気(き)の せいか、辺(あた)りが だんだん 暗(くら)く なって きたようです。
（或許是錯覺吧！總覺得周遭漸漸暗起來似的。）

表示「自言自語的感嘆或驚訝」

例句

1. なんだ、猫(ねこ)か。
（哎呀！原來是貓呀！）

2. 財布(さいふ)は　ここに　あったのか。
（原來錢包在這裏啊！）

3. 急(いそ)いで 来(き)たのに　銀行(ぎんこう)は　休(やす)みか。
（急著趕來了，可是銀行休息呀！）

以「…か…ないか（のうちに）」句型表示：（正當…的時候）

例句

1. 家(いえ)を 出(で)るか 出(で)ないかの 時(とき)に、雨(あめ)が　降(ふ)り出(だ)しました。
（剛要出門時，雨就下起來了。）

2. 窓(まど)を 閉(し)めるか 閉(し)めないか のうちに 風(かぜ)が　吹(ふ)き込(こ)みました。
（剛要關窗戶的時候，風就吹進來了。）

が的用法與例句

3

が

接續於人或事物後面，表示「存在」

例句

1. コップに　金魚(きんぎょ)が　いる。
（杯子裏有金魚。）
2. 丘(おか)の　上(うえ)には　木(き)が　ある。
（山丘上有樹。）
3. 壁(かべ)に　字(じ)が　書(か)いてある。
（牆壁上寫著字。）

當「主語」為「疑問詞」時，其後面接「が」

例句

1. どちらが　南(みなみ)ですか。
（哪一邊是南方呢？）
2. 誰(だれ)が　反対(はんたい)しますか。
（誰會反對呢？）
3. どの ネクタイが　いい？
（哪一條領帶好呢？）

注意

1. 此項用法不可用「は」來取代，例如：
（×）どこは　トイレですか。
2. 當用「が」詢問時，就用「が」回答，例如：
A：どなたが　校長(こうちょう)ですか。
（哪一位是校長呢？）

3

B：あの方が　校長です。

（那一位是校長。）

用於「現象句的主語」後面

例句

1. 雨が　降る。

（下雨。）

2. 体が　だるい。

（身體倦怠。）

3. 戦争が　起こる。

（發生戰爭。）

注意

1. 常見的「現象句」有如下：

⑴自然現象：風が　吹く（颳風）　花が　咲く（花開）
鳥が　鳴く（鳥叫）…

⑵生理現象：喉が　渇く（口渴）　お腹が　空く（肚子餓）
皮膚が　痒い（皮膚癢）…

⑶社會現象：人口が　増加する（人口增加）　道路が　狭い（道路狹窄）　交通が　便利だ（交通方便）…

2. 此項用法若為「強調述語」時，就改用「は」。

例如：

日は　出ました。

（太陽出來了。）

有「大主語は小主語が…」的句型時，「小主語」後面接「が」

3

例句

1. 彼(かれ)は　作曲(さっきょく)が　できます。
（大主語）　（小主語）
（他會作曲。）

2. 麒麟(きりん)は　首(くび)が　長(なが)い。
（大主語）　（小主語）
（長頸鹿脖子長。）

3. あの人(ひと)は　体(からだ)が　丈夫(じょうぶ)です。
（大主語）　（小主語）
（那個人身體長得結實。）

注意

此種句型的「主語」稱為「大主語」，下接「は」，述語部分所出現的「第二次陳述的主語」稱為「小主語」，下接「が」。

表示「能力的內容」

例句

1. 星(ほし)が　見(み)える。
（看得到星星。）

2. 声(こえ)が　聞(きこ)える。
（聽得到聲音。）

3. 漢字(かんじ)が　分(わ)かる。
（懂得漢字。）

4. 弟(おとうと)は　運転(うんてん)が　できる。
（我弟弟會開車。）

5. あの選手は　テニスが　上手です。 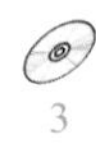
3

（那名選手網球打得很好。）

注意

表示能力方面的語彙常見的尚有：うまい（高明的）
下手だ（笨拙的）　苦手だ（不擅長）
能力性動詞→飲める（能喝）　食べられる（能吃）
修理できる（會修理）…

表示「感情或慾望的對象」

例句

1. 苺が　食べたい。
（想吃草莓。）

2. 名誉が　欲しい。
（想要名譽。）

3. 絵が　大好きだ。
（很喜歡畫。）

注意

此項用法常見的語彙尚有：嬉しい（快樂的）　懐かしい（懷念的）
恋しい（眷戀的）　羨ましい（羨慕的）　憎らしい（可恨的）
恐い（可怕的）　嫌だ（討厭）　心配だ（擔心）
必要だ（需要）…

用於「選擇」或「比較」時，「主語」之後要接「が」

例句

1. 飲物なら、ジュースの方が　好きです。
（飲料的話，比較喜歡果汁。）

2. A：飛行機と電車と、どちらが速いですか。

（飛機和電車哪一個比較快呢？）

B：飛行機の方が速いです。

（飛機比較快。）

3. 日本では何月が一番暑いですか。

（日本哪一個月份最熱？）

が

在「修飾句」（畫線者）中的「主語」之後用「が」

例句

1. これは母が買った皿です。

（這是母親買的盤子。）

2. 体が太っている人は中井さんです。

（身材胖胖的人是中井先生。）

3. 夜景が素晴らしい所はどこですか。

（夜景不錯的地方是哪裏呢？）

「假設句的主語」之後用「が」

例句

1. 高橋さんが来たら、知らせて下さい。

（高橋先生來的話，請通知我。）

2. あなたが暑いなら、セーターを脱いでもいいです。

（你如果熱的話，脫掉毛衣也沒關係。）

3. 花が奇麗なら、買います。

（花漂亮的話，就買。）

句尾的が（けれども、けれど、けども、けど）

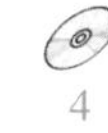
4

連接前後句用來表示出現「違反常理的現象」（雖然…但是…）

例句

1. 空港(くうこう)の 側(そば)ですが、静(しず)かです。
（雖然是靠機場旁邊，不過滿安靜的。）
2. 明日 入学試験(にゅうがくしけん)が あるが、未(ま)だ　遊(あそ)んでいる。
（明天雖然要入學考試，可是卻還在玩。）
3. この 机(つくえ)は　大(おお)きいですが、軽(かる)いです。
（這張桌子雖然大，卻很輕。）
4. 彼女(かのじょ)は　真面目(まじめ)ですが、性格(せいかく)が　良(よ)くないです。
（她雖然滿認真的，但是個性不好。）

連接前後句用來「展開話題或緩和語氣」

例句

1. 失礼(しつれい)ですが、駅(えき)は　どこですか。
（不好意思，車站在哪裏？）
2. すみませんが、タクシーを　呼(よ)んで 下(くだ)さいませんか。
（不好意思，可否請叫一下計程車？）
3. 私は　田中(たなか)ですが、お父(とう)さんは　ご在宅(ざいたく)でしょうか。
（我是田中，請問令尊在家嗎？）
4. 君(きみ)は　よく 徹夜(てつや)しているが、気(き)を つけた 方(ほう)が　いい。
（你經常熬夜，最好小心點。）
5. これは　可愛(かわい)いですが、どこで　買(か)いましたか。
（這個很可愛，在哪裏買的？）

連接前後句用來表示「條件並列」

4

例句

1. 彼(かれ)は 運動(うんどう)も しますが、勉強(べんきょう)も します。
（他既做運動，又唸書。）

2. この 広告(こうこく)は デザインも いいですが、色(いろ)も 鮮(あざ)やかです。
（這廣告的設計不錯，顏色也很鮮明。）

が

連接前後句表示「相對的敘述」

例句

1. 弟(おとうと)は　父親似(ちちおやに)ですが、妹(いもうと)は　母親似(ははおやに)です。
（弟弟像父親，而妹妹像母親。）

2. 私は コーラを　飲(の)みますが、林(りん)さんは　サイダーを　飲(の)みます。
（我要喝可樂，而林先生要喝汽水。）

3. 春(はる)は　暖(あたた)かいが、秋(あき)は　涼(すず)しい。
（春天暖和，而秋天涼爽。）

表示「委婉的敘述」

例句

1. すみません、よく 分(わ)かりませんが…
（抱歉，不是很了解…）

2. 部長(ぶちょう)は 今(いま)　出掛(でか)けた ばかりですが…
（經理剛剛才出去…）

3. もしもし、木村(きむら)でございますが…
（喂！我是木村…）

4. この シャツは　あなたに　ぴったり　お似合(にあ)いですが…
（這件襯衫剛好適合你…）

5. もう　満腹(まんぷく)に なりましたが…
（已經吃得飽飽的了…）

表示「期望」

4

例句

1. お金(かね)が　有(あ)れば、家(いえ)が　買(か)えるのだが…
（如果有錢，就能買房子…）

2. 東京大学(とうきょうだいがく)に　入(はい)れれば　いいが…
（如果能進東京大學就好了…）

3. 少(すこ)し　給料(きゅうりょう)が　上(あ)がると、生活(せいかつ)が　楽(らく)に　なるのだが…
（如果薪水稍微調高些，生活就輕鬆多了…）

注意

以上用法的「が」可和「けれども」「けれど」「けども」「けど」互換，而「が」的語氣較嚴肅，常見於文章體，其他的語氣較口語，常見於會話體。

前接意向助動詞「う・よう」「まい」表示（不論…或…）

例句

1. 外国(がいこく)へ　行(い)こうが　行(い)くまいが、私の　自由(じゆう)です。
（不論出國或不出國，都是我的自由。）

2. 君(きみ)の　将来(しょうらい)が　どう　なろうが、僕(ぼく)には　関係(かんけい)が　ない。
（無論你的將來怎麼樣，都和我沒有關係。）

かしら 的用法與例句

表示「自言自語的疑問」

例句

1. 外(そと)は　雨(あめ)かしら。
（外面是不是下雨了？）

2. 風邪(かぜ)を　引(ひ)いたのかしら、鼻水(はなみず)が　出(で)るわ。
（是不是感冒了？在流鼻水。）

表示「詢問」對方

例句

1. これは　兄(にい)さんの 靴下(くつした)かしら。
（這是哥哥的襪子嗎？）

2. あなたも　来(く)るかしら。
（你也要來嗎？）

以「…ないかしら」句型表示「希望」

例句

1. 雪(ゆき)が 早(はや)く　止(や)まないかしら。
（真希望雪快停。）

2. 誰(だれ)か　やって くれないかしら。
（真希望有人為我做。）

注意

以上多為「女性用語」。

かな的用法與例句

6

表示「自言自語的疑問」

例句

1. いつ　天気(てんき)に　なるかな。
（什麼時候才會好天氣啊？）

2. 彼(かれ)は　私が　好(す)きかな。
（不知道他喜不喜歡我？）

表示「希望的心情」

例句

1. 早(はや)く 夏休(なつやす)みが　来(こ)ないかな。
（真希望暑假快來到！）

2. この つまらない 授業(じゅぎょう)、早(はや)く　終(お)わらないかな。
（真希望這無聊的課趕快結束！）

表示「疑問」或「詢問」，多為「男性用語」

例句

1. その 交通事故(こうつうじこ)、知(し)っているかな。
（你知道那件交通事故嗎？）

2. 君(きみ)、音楽(おんがく)なんて、興味(きょうみ)が　ないかな。
（喂，你對音樂有興趣嗎？）

から 的用法與例句

表示「動作的起點」，如圖：

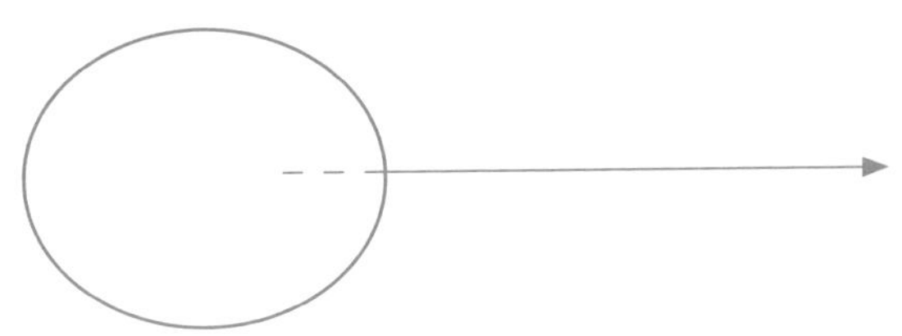

例句

1. 会社(かいしゃ)は　九時(くじ)から　五時(ごじ)までです。
（公司上班時間是九點到五點。）
2. 太陽(たいよう)は　東(ひがし)から　昇(のぼ)る。
（太陽從東方昇起。）
3. 忙(いそが)しさから　解放(かいほう)される。
（從忙碌中解放出來。）

表示「原因」

例句

1. 熱(ねつ)が　あるから、病院(びょういん)へ　行(い)く。
（因為發燒，所以要去醫院。）
2. 退職(たいしょく)するのは　体(からだ)の具合(ぐあい)が　悪(わる)いからです。
（退職是因為身體狀況不佳。）
3. ここは　有名(ゆうめい)な場所(ばしょ)ですから、観光客(かんこうきゃく)が　多(おお)いです。
（由於這裏出名，所以觀光客很多。）

指「某個動作之後」

7

例句

1. ご飯を　食べてから、散歩を　します。
（吃過飯後，就散步。）

2. 国で　日本語を　習ってから　来日した。
（在本國學了日文之後，才來日本的。）

表示「材料、原料」

例句

1. 酒は　米から　作る。
（酒用米製造。）

2. 水は　水素と　酸素から　なる。
（水是由氫和氧合成的。）

注意

此項用法中的成品已看不到原料，否則就用「で」。

表示「被動的對象」

例句

1. この 小説は　人々から　愛読されて いる。
（這本小說為很多人所喜愛。）

2. この ビールは　世界各国から　販売されて います。
（這種啤酒在世界各國銷售。）

表示「數量的強調」

例句

1. 虐殺で　十万からの 難民が　死亡した。
（因屠殺而死亡的難民多達十萬人以上。）

7

2. この車（くるま）は　百万（ひゃくまん）から　します。

（這輛車值百萬元以上。）

表示「判斷、想法的依據」

例句

1. 中国人（ちゅうごくじん）の立場（たちば）から　言（い）えば、アメリカは　開放的（かいほうてき）だ。

（依照中國人的立場來說，美國是開放的。）

2. 戦後（せんご）の　食料難（しょくりょうなん）から　見（み）ると、今日（こんにち）は　幸福（こうふく）でしょう。

（從戰後的食物缺乏看來，現在是幸福的吧！）

向對方表示「強烈的決心」，多出現在「句尾」

例句

1. そんな ことを　したら、承知（しょうち）しないから。

（做那樣的事，絕不寬恕。）

2. どう　言（い）っても、私は　止（や）めないから。

（不管怎麼說，我絕不停止。）

きり（っきり）的用法與例句

表示「限定」（僅僅、只有）

例句

1. お金(かね)は　これきりです。
（所有的錢，只有這些。）
2. 一人(ひとり)きりで、山(やま)の 中(なか)に　住(す)んで いる。
（獨自一人住在山裏。）
3. 一度(いちど)　見(み)たきりです。
（只見了一次。）

注意

此項用法與「だけ」的用法 1 相通。

以「…きり（しか）…ない」句型出現，仍表示「限定」

例句

1. 切符(きっぷ)は　この 一枚(いちまい)きり（しか）ありません。
（車票只有這一張。）
2. もう　これっきり（しか）残(のこ)って いません。
（只剩這些。）

注意

「っきり」表示強調語氣

以「動2（＝動詞第 2 變化→た形）＋た＋きり（で）」的句型表示（…之後，再也沒有…）下面常接「否定句」

例句

1. 先週（せんしゅう）、借金（しゃっきん）したきり（で）、未（ま）だ 返（かえ）して いません。

（上個禮拜借了錢之後，都還沒有還。）

2. 先月（せんげつ）、お父（とう）さんは 家（いえ）を 出（で）たきり、未（ま）だ 帰（かえ）って いません。

（上個月父親出了家門之後，到現在都還沒有回來。）

くせに的用法與例句

9

表示「責備、抱怨對方」

例句

1. 分(わ)かっているくせに、黙(だま)っている。
（明明知道，卻不說。）

2. 男(おとこ)のくせに、弱虫(よわむし)だ。
（身為男人，卻很懦弱。）

3. 大金持(おおがねも)ちのくせに　ケチだ。
（很有錢，卻是小氣得很。）

くらい（ぐらい）的用法與例句

10

くらい

前接數量詞，表示「大約的數量或程度」

例句

1. タクシーで、どのぐらい　かかりますか。
（搭計程車，大約花多少錢呢？）

2. 週（しゅう）に　一回（いっかい）ぐらい　買物（かいもの）します。
（大約一個禮拜買一次東西。）

3. 千人（せんにん）ぐらいの　人（ひと）が　集（あつ）まりました。
（大約聚集了一千人左右。）

表示「程度」

例句

1. この オートバイは　飛行機（ひこうき）ぐらい　速（はや）く　走（はし）れます。
（這台摩托車可以跑得像飛機那樣快。）

2. この 問題（もんだい）は　子供（こども）でも　できるぐらい　易（やさ）しい。
（這個問題很簡單，小孩子的程度也會。）

3. 死（し）にたいぐらい　辛（つら）い。
（痛苦得想死。）

表示「最低的要求或願望」（至少）

例句

1. いくら 馬鹿（ばか）でも、自分（じぶん）の 名前（なまえ）ぐらいは　書（か）けるだろう。
（就算再笨，至少自己的名字會寫吧！）

2. 忙（いそが）しくても、寝（ね）る 時間（じかん）ぐらいは　あるでしょう。
（即使再忙，起碼睡覺的時間有吧！）

以「…ぐらいなら」的句型表示（與其…不如…）

10

例句

1. こんな悲惨(ひさん)な生活(せいかつ)を続(つづ)けるぐらいなら、死(し)んだ方(ほう)がいい。
（與其要過這樣悲慘的生活，不如死了好。）

2. 彼(かれ)と結婚(けっこん)するぐらいなら、むしろ一生独身(いっしょうどくしん)で通(とお)した方(ほう)がましです。
（與其和他結婚，還不如終身單身地過得好。）

け（っけ）的用法與例句

表示「疑問」或「詢問」

例句

1. 横浜に　住んで いたっけ。
（住在橫濱嗎？）

2. 披露宴は　何時からでしたっけ。
（喜筵幾點開始？）

注意

此項用法以過去式表達，是為了表示強調語氣，並非真正表示過去。

表示「回憶往事」

例句

1. 高校時代は　楽しかったっけ。
（以前高中時候真是快樂！）

2. 中学の 時、よく　ここで　遊んだっけ。
（以前讀中學時，經常在這裏玩！）

こそ 的用法與例句

12

表示「強調語氣」

例句

1. 私こそ 失礼（しつれい）しました。
（我才是失禮了。）

2. ようこそ、いらっしゃいました。
（非常歡迎您來。）

3. あの 学者（がくしゃ）は 日本（にほん）でこそ 有名（ゆうめい）だが、海外（かいがい）では 全（まった）くの 無名（むめい）だ。
（那位學者在日本是挺有名的，但是在國外卻完全沒有名氣。）

4. 君（きみ）が いるからこそ、僕（ぼく）は 生（い）きていられるんだ。
（就因為有你在，我才能活下去。）

5. 彼（かれ）は 戦争（せんそう）で 死（し）にこそ しなかったが、両手（りょうて）を 失（うしな）った。
（他在戰爭時，雖倖免一死，卻失去了雙手。）

こと的用法與例句

13

表示「感嘆、感動的語氣」

例句

1. まあ、あの 歌手(かしゅ)、凄(すご)い 人気(にんき)ですこと。
（啊！那歌手真是受歡迎呀！）
2. よく できたこと。
（做得好極了！）

表示「輕微的斷定語氣」，常以「ことよ」形式出現

例句

1. いいえ、そうじゃないことよ。
（不，不是那樣的。）
2. とても 面白(おもしろ)かったことよ。
（非常有趣哦！）

表示「疑問」或「詢問」

例句

1. あの おじさん、変(へん)じゃないこと？
（那個中年男子不會很奇怪嗎？）
2. 映画(えいが)を 見(み)に 行(い)きませんこと？
（要不要去看電影？）

注意

以上三種用法多為「女性」使用。

表示「命令」

13

例句

1. 事務所(じむしょ)で、喧嘩(けんか)しないこと。

（在辦公室不可以吵架。）

2. 芝生(しばふ)に　入(はい)らないこと。

（不可踐踏草坪。）

注意

此項用法用在「上輩對下輩的命令」時。

さ的用法與例句

14

表示「提醒對方的加強語氣」

例句

1. それは　できるさ。
（那個我會！）

2. だからさ、早目(はやめ)に　家(いえ)を　出(で)た 方(ほう)が　いい。
（所以說啊，最好是早點出門。）

3. 去年(きょねん)さ、友達(ともだち)とさ、ハワイへ　行(い)ったよ。
（去年啊！跟朋友去了夏威夷哦！）

向對方表示「強烈責問」或「反感的語氣」

例句

1. 何故(なぜ)、食(た)べないのさ。
（為什麼不吃？）

2. お前(まえ)こそ、何(なに)さ。
（你才是怎麼搞的呢！）

さえ 的用法與例句

15

提出「極端的例子來推理其他事物」（就連）

例句

1. 忙しくて　食事する暇さえ　ない。
（忙得連吃飯的時間都沒有。）

2. 自分でさえ　分からない。
（就連自己也不清楚。）

3. 貧しくて、家には　本さえ　ない。
（窮得家裏連書都沒有。）

4. 幼児さえも　この話が　分かる。
（就連幼童也懂得這話。）

注意

此項用法也可用「でさえ」「さえも」來取代，語意不變，如例句 2. 4。

以「…さえ…ば」句型來表示「限定的內容」（只要是…的話）

例句

1. お金さえ あれば　何でも　買えます。
（只要有錢的話，什麼都能買。）

2. 赤ちゃんは　元気でさえ あれば　心配要りません。
（嬰兒只要精神好的話，就不需要擔心。）

表示「添加」（甚至）

15

1. 都会(とかい)のみならず、田舎(いなか)（で）さえも　受験戦争(じゅけんせんそう)が激(はげ)しく　なる。

（不只是都市，甚至連鄉下的聯考競爭也變得激烈。）

2. 大雨(おおあめ)が　降(ふ)って　きただけではなく、雷(かみなり)さえ（も）鳴(な)り出(だ)した。

（不只是下大雨了，甚至都打雷了。）

し 的用法與例句

16

表示「條件的並列」

例句

1. お父さんは　煙草も　吸わないし、お酒も　飲まない。
（父親既不抽煙，也不喝酒。）

2. この スーパーは　値段も　安いし、品物も　豊富です。
（這家超市的價錢既便宜，貨色又多。）

表示「原因」

例句

1. 会社も　止めたし、お金も　失くしたし、生活できない。
（由於辭了工作，又沒錢了，所以無法生活。）

2. 荷物も　重いし、雨も　降っているし、タクシーで帰りました。
（因為行李重、又下雨，所以搭計程車回家了。）

3. 色も　奇麗だし、香りも　良いし、この 花を　買いました。
（因為顏色漂亮又香，就買了這花。）

しか 的用法與例句

下接「否定句」表示「限定」（僅僅）

例句

1. 生存者(せいぞんしゃ)は　一人(ひとり)しか　いません。
　（倖存者只有一人。）
2. 昨日　二時間(にじかん)しか　寝(ね)ませんでした。
　（昨天只睡了兩個鐘頭。）
3. この 列車(れっしゃ)は　途中(とちゅう)神戸(こうべ)にしか　とまりません。
　（這班列車中途只停神戶。）

注意

1. 此項用法的語意與「だけ」相通，例如：
　箱(はこ)に　本(ほん)が　一冊(いっさつ)しか　ありません。
　→箱に　本が　一冊だけ　あります。
　（箱子裏只有一本書。）
2. 「しか」的句尾必須用「否定句」來表達「肯定的限定」，如果要表達「否定的限定」時，則不能用「しか」，只能用「だけ」。例如：
　刺身(さしみ)だけ　食(た)べなかった。
　（只有生魚片沒吃。）
3. 「しか」可用「だけしか」形式出現，語氣比「しか」強烈。例如：
　千円(せんえん)だけしか　持(も)っていません。
　（只有帶一千圓。）

しも 的用法與例句

18

後接「否定句」，表示「部分否定」

例句

1. 金持(かねも)ちと 結婚(けっこん)しても、必(かなら)ずしも 幸(しあわ)せに なるとは 言(い)えない。
   （即使和有錢人結婚，也未必幸福。）
2. 人生(じんせい)は 必(かなら)ずしも 楽(たの)しいことばかりでは ありません。
   （人生未必全是快樂的事情。）

表示「強調語氣」

例句

1. 遠(とお)く 家(うち)を 離(はな)れると、人間(にんげん)は 誰(だれ)しも 故郷(こきょう)が 恋(こい)しく なる。
   （遠離家鄉的話，任何人都會懷念家鄉的。）
2. 誰(だれ)しも 死(し)を 免(まぬが)れることは できません。
   （誰都會免不了一死。）

すら 的用法與例句

19

すら

提出「極端的例子來推理其他事物」

例句

1. そんな ことは　子供(こども)（で）すら　分(わ)かっています。
（那種事情甚至連小孩都懂。）

2. 両親(りょうしん)にすら　知(し)らせませんでした。
（就連父母也沒通知。）

注意

1. 此項用法可代換「さえ」的用法1。

2. 也可以「ですら」出現，意思與「すら」相同，如例句1.。

ずつ的用法與例句

20

指「數量的平均分配」

例句

1. 部屋(へや)に　机(つくえ)と椅子(いす)が　一(ひと)つずつ　ある。

（房間裏各有一張桌子和椅子。）

2. 西瓜(すいか)と パパイヤを　二(ふた)つずつ　選(えら)びました。

（西瓜和木瓜各選兩個。）

表示「同一數量的重覆出現」

例句

1. 毎日(まいにち)　一時間(いちじかん)ずつ　読書(どくしょ)する。

（每天研讀一小時。）

2. 一人(ひとり)ずつ　会場(かいじょう)に　入(はい)って下(くだ)さい。

（請一個一個地順序進入會場。）

3. 英語(えいご)は　少(すこ)しずつ　上手(じょうず)に　なりました。

（英文一點一點地變拿手了。）

ぜ 的用法與例句

21

ぜ

表示「提醒、告知對方」

例句

1. もう 夜中（よなか）の 三時（さんじ）だぜ。

（已經半夜三點了。）

2. じゃ、頼（たの）むぜ。

（那麼，就拜託了。）

注意

「ぜ」是「男性」或「高年紀女性」的用語。

ぞ的用法與例句

22

表示「命令、警告的語氣」

例句

1. 君（きみ）！だめだぞ。
（喂！你不行哦！）

2. 行（い）くぞ。
（去！）

3. 危（あぶ）ないぞ。
（危險！）

表示「自言自語」

例句

1. あ、窓（まど）が　開（あ）いている、何（なん）か　変（へん）だぞ。
（啊！窗戶開著，奇怪！）

2. あれ、おかしいぞ。
（哎呀！奇怪哦！）

注意

以上為「男性」用語。

だけ 的用法與例句

表示「限定」（僅僅、只有）

例句

1. この秘密(ひみつ)は　君(きみ)にだけ　話(はな)す。
（這個秘密只對你說。）
2. 見(み)るだけなら、無料(むりょう)です。
（如果只是看的話，不用錢。）
3. 彼女(かのじょ)は　スマートなだけで、何(なに)も　できない。
（她只是長得苗條，卻什麼都不會。）

表示「盡量的程度」

例句

1. 日本人(にほんじん)は　地震(じしん)に　どれだけ　注意(ちゅうい)しているのでしょう。
（日本人是多麼地注意地震啊！）
2. 彼(かれ)は　できるだけ、お金(かね)を　貯(た)めます。
（他儘可能地存錢。）
3. ワインは　好(す)きなだけ、飲(の)みなさい。
（酒請儘情痛快暢飲。）

以「…ば…だけ」的句型出現（越…越…）

例句

1. この映画(えいが)は　見(み)れば　見(み)るだけ　面白(おもしろ)く　なる。
（這部電影越看越有趣。）
2. 果物(くだもの)が　安(やす)ければ　安(やす)いだけ　よく　売(う)れる。
（水果越便宜，越好賣。）

3. 市場（しじょう）は　賑（にぎ）やかならば、賑（にぎ）やかなだけ 人（ひと）が　集（あつ）まる。 23

（市場越是熱鬧，越有人聚集。）

注意

此項「だけ」的用法可與「ほど」互換，語意相同。

以「…だけの ことは ある」句型表示（…是值得的）

例句

1. 手術（しゅじゅつ）を　受（う）けただけの ことは　ある。元気（げんき）に　なった。

（接受手術是值得的，精神變好了。）

2. 一生懸命（いっしょうけんめい） 練習（れんしゅう） しただけの ことは あって、今度（こんど）の 試合（しあい）は 勝（か）った。

（拚命練習是值得的，此次的比賽勝利了。）

以「…だけ あって」句型表示（怪不得）

例句

1. 名医（めいい）だけ あって、患者（かんじゃ）が　多（おお）い。

（不愧是名醫，病患真多。）

2. さすがに　博士（はかせ）だけ あって、よく　知（し）っています。

（不愧為博士，了解得很多。）

以「…だけに」句型表示「原因」

例句

1. 探偵（たんてい）だけに、観察力（かんさつりょく） が　鋭（するど）い。

（因為是偵探，觀察能力敏鋭。）

2. 桃（もも）の 花（はな）は　美（うつく）しいだけに、よく　人（ひと）が　見物（けんぶつ）に　来（く）る。

（桃花好美，所以很多人來觀賞。）

だって 的用法與例句

24

舉一事物以示「類推」

例句

1. この本(ほん)は　小学生(しょうがくせい)だって　読(よ)める。
（這本書，連小學生都會讀。）

2. そんな事(こと)は　主人(しゅじん)にだって　話(はな)せません。
（那種事情，連對丈夫也不能說。）

表示「並列事物以強調沒有例外」

例句

1. 父(ちち)は　ラテン語(ご)だって　ドイツ語(ご)だって　ペラペラです。
（父親不管是拉丁語或德語，都說得很流利。）

2. フランスへだって　イギリスへだって　行(い)った。
（不管是法國、英國都去過。）

前接「疑問詞」，表示「全面肯定」

例句

1. その靴(くつ)なら、どこだって　売(う)っている。
（那鞋子，哪裏都有在賣。）

2. 買物(かいもの)は　いつだって　いいです。
（購物隨時都可以。）

3. そんな人(ひと)は　誰(だれ)だって　嫌(きら)いです。
（那種人，任誰都會討厭。）

24

前接「單一數量詞」後接「否定句」，表示「毫無例外」（就連…）

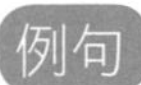
例句

1. 一日（いちにち）だって　晴（は）れなかった。
（一天都沒放晴。）

2. ここ数日（すうじつ）、雨（あめ）は　一滴（いってき）だって　降（ふ）っていない。
（這些日子，雨連一滴都沒下。）

3. 一晩（ひとばん）だって　外泊（がいはく）したことは　ありません。
（從來沒有在外面過夜過。）

注意

「だって」是「でも」較通俗的用法。

だの 的用法與例句

25

表示「列舉」

例句

1. 広(ひろ)い海(うみ)には、商船(しょうせん)だの、軍艦(ぐんかん)だのが　一杯(いっぱい)　並(なら)んでいる。

（寬廣的海上排滿了商船、軍艦等。）

2. 休(やす)むだの、休(やす)まないだの、よく　分(わ)からない。

（休息或不休息，不太清楚。）

3. 辛(つら)いだの、寂(さび)しいだのと　不平(ふへい)ばかり　言(い)っている。

（只會抱怨辛苦、寂寞等不平。）

4. 設備(せつび)が　簡単(かんたん)だの、人手(ひとで)が　少(すく)ないだの、いろいろ　困難(こんなん)が　ある。

（設備簡陋、人手少等，有各種困難。）

たら（ったら）的用法與例句

26

表示「假設」

例句

1. 字典を　調べ<u>たら</u>、意味が　分かる。
（如果查字典，就知道意思。）

2. 安かっ<u>たら</u>、買おう。
（便宜的話，就買吧！）

3. 暇だっ<u>たら</u>、工場を　見学します。
（如果有空閒，就參觀工場。）

表示「一個動作發生後緊接著發生下一個動作或發現另一個動作」（一…就…）

例句

1. 窓を　開け<u>たら</u>、光が　差し込んだ。
（一打開窗戶，光線就射了進來。）

2. 教室に　入っ<u>たら</u>、もう　誰も　いなかった。
(一進教室，發現已經都沒有人在。)

以出乎預料的心情談論某話題

例句

1. 高橋さん<u>たら</u>、案外　親切なのね。
（說到高橋先生呀！想不到人蠻親切的。）

2. この　子<u>ったら</u>、ちっとも　親の言うことを
聞かないんだから。
（說到這孩子呀！真是一點也不聽父母親的話。）

26

表示「超乎想像的極端程度」

例句

1. あいつは　意地悪(いじわる)ったら、ないんだ。
（那傢伙心腸壞透了。）

2. 汚(きたな)いったら、話(はなし)に　ならない。
（簡直髒得不像話。）

注意

上述兩種用法可代換「と言ったら」

以不安的心情催「促對方按自己的要求去做某事」

例句

1. ねえ、お父(とう)さんたら。
（好不好嘛！爸爸！）

2. さっさと　しろったら。
（快點做呀！）

表示「女性的委婉勸告或命令」

例句

1. 暇(ひま)なら、松本(まつもと)さんも　少(すこ)し　手伝(てつだ)ったら。
（有空的話，松本先生，也稍微幫個忙吧！）

2. ぐずぐずしないで、早(はや)く　やったら。
（別慢吞吞的，快做吧！）

表示「女性的厭煩心情」

例句

まあ、あなたったら。
（哎呀！你也真是的！）

注意

本項助詞前接語尾音為「ん」音時，也可以「たら」形式取代。如：

高橋さん<u>ったら</u>

→高橋さん<u>たら</u>

たり 的用法與例句

27

たり

表示「陳列兩種以上的動作」（有時…有時…）

例句

1. 本(ほん)を　読(よ)んだり、音楽(おんがく)を　聞(き)いたりしている。
（有時讀書，有時聽音樂。）
2. 母(はは)は　娘(むすめ)に　洗濯(せんたく)を　させたり、料理(りょうり)を　させたり します。
（母親叫女兒有時洗衣服，有時做料理。）
3. 日曜日(にちようび)に　映画(えいが)を　見(み)たり、買物(かいもの)したり、友達(ともだち)と　会(あ)ったり した。
（禮拜天，有時看電影、買東西或和朋友見面。）

注意

「たり」：指兩種動作交替進行

「ながら」：指兩種動作同時進行

陳列「兩種相反」的詞語，表示「動作的重覆」

例句

1. 子供(こども)が　泣(な)いたり、笑(わら)ったり　する。
（小孩子哭哭笑笑。）
2. 列車(れっしゃ)が　早(はや)かったり、遅(おそ)かったり　します。
（列車時快時慢。）
3. この 町(まち)は　静(しず)かだったり、賑(にぎ)やかだったりです。
（這城鎮有時安靜，有時熱鬧。）

用「…たり（など）する」句型表示「舉例說明」

27

例句

1. 彼(かれ)は　いつも　博打(ばくち)を　打(う)ったりなど している。

（他經常賭博或什麼的。）

2. 花(はな)の 枝(えだ)を　折(お)ったりなど しないで下(くだ)さい。

（請不要攀折花木等。）

つつ 的用法與例句

28

表示同一主語的「兩種動作並行」

例句

1. シャンペンを　飲(の)みつつ、湖(みずうみ)を　眺(なが)める。
（一邊喝著香檳，一邊凝望著湖水。）

2. 情況(じょうきょう)を　考慮(こうりょ)しつつ、判断(はんだん)します。
（邊考慮情況，邊判斷。）

注意

此項用法與「ながら」的用法1相通。

表示「つつ」的前後句出現「違反常理的現象」（雖然…但是…）

例句

1. 強(つよ)い 酒(さけ)は　体(からだ)に　悪(わる)いと 知(し)りつつ、止(や)めない。
（明知道烈酒對身體不好，卻不戒酒。）

2. 失礼(しつれい)とは　知(し)りつつも、お願(ねが)いするのです。
（明知道不禮貌，還是要拜託您。）

注意

此項用法與「ながら」用法 2 相通，但「つつ」前面只能接動詞，例如：

（○）この 子供(こども)は　小(ちい)さいながら　力(ちから)が　ある。

（這孩子雖小，卻很有力氣。）

（×）この 子供は　小さいつつ、力が　ある。

以「…つつ ある」的句型表示「動作的逐漸進行」

28

例句

1. 戦闘機は　敵国に　向って　進みつつ ある。
（戰鬥機朝向敵國，逐漸前進中。）

2. 劣勢を　挽回しつつ あります。
（逐漸在扳回劣勢中。）

3. 我が国の 工 業 は　発展しつつ ある。
（我國的工業，正漸漸地發展中。）

注意

「つつ」為文語殘留用法，常見於文章體中。

て的用法與例句

29

て

表示「連續的敘述」

例句

1. 朝(あさ)、起(お)きて、顔(かお)を洗(あら)って、食事(しょくじ)した。
（早上起床、洗臉、吃了飯。）

2. 秋(あき)が　去(さ)って、寒(さむ)い冬(ふゆ)が来(く)る。
（秋天去了，而寒冷的冬天即將來臨。）

3. 海(うみ)は　碧(あお)くて、立派(りっぱ)です。
（大海蔚藍，又壯觀。）

表示「相對的敘述」

例句

1. 男(おとこ)は　ギターを　弾(ひ)いて、女(おんな)は　歌(うた)を　歌(うた)う。
（男人彈吉他，而女人唱歌。）

2. 山(やま)は　北(きた)に　あって、海(うみ)は　南(みなみ)に　あります。
（山在北方，而海在南方。）

表示「原因」

例句

1. 病気(びょうき)を　して、欠勤(けっきん)しました。
（因為生病，所以沒上班。）

2. 悲(かな)しくて、涙(なみだ)が　出(で)ました。
（由於悲傷，眼淚都流出來了。）

29

表示「手段、方法」

例句

1. 私は 自転車に 乗って 郵便局へ 行く。

（我要騎腳踏車去郵局。）

2. 醤油を つけて 食べます。

（要沾醬油吃。）

3. 泳いで 川を 渡りました。

（游泳渡過了河。）

表示前後句出現「違反常理的現象」

例句

1. 知っていて、言わない。

（明明知道，卻不說。）

2. 何度も 注意されて、未だ 止めない。

（已經被警告好幾次了，卻還不停止。）

以「動詞（て形）＋て＋補助動詞」的句型出現。而「て」在連接前後動詞，使語意更完整。

(1) 動 2＋て＋いる

a. 表示「動作正在進行」。例如：

子供は 今 廊下を 走っています。

（小朋友現在正在走廊上跑。）

※動2＝動詞第2變化→「て形」

b. 表示「動作發生後的存續狀態」。例如：

花が 咲いています。

（花盛開著。）

c. 表示「長久、重覆、習慣性的動作」。例如：

あの 人は 東京大学で、英語を 専攻している。

（那個人在東京大學專攻英語。）

29

⑵ 動2＋て＋ある

表示「事物的狀態（是由人為動作造成的）」。例如：

机（つくえ）の 上（うえ）に　字典（じてん）が　置（お）いて ありま す。

（桌上放著字典。）

⑶ 動2＋て＋しまう

a. 表示「某動作造成無法挽回或補救的狀態」。例如：

雪（ゆき）が　溶（と）けて しまいました。

（雪溶化了。）

b. 表示「不經意造成某動作」。例如：

あまりにも　美味（おい）しいから、食（た）べすぎて しまいました。

（因為實在太好吃了，一不小心就吃太多了。）

c. 表示「極端的狀態」。例如：

もう　同（おな）じ 食事（しょくじ）に　飽（あ）きて しまいました。

（已經對同樣的飲食，厭煩極了。）

d. 表示「徹底地做某動作」。例如：

この 小説（しょうせつ）を　一日（いちにち）で　読（よ）んで しまいます。

（要把這本小說一天內看完。）

⑷ 動2＋て＋置（お）く

a. 表示「預先做某事」。例如：

切符（きっぷ）を　買（か）って おきますか。

（要預先買票嗎？）

b. 表示「持續維持某種狀態」。例如：

窓（まど）を　開（あ）けて おきましょう。

（把窗戶打開著吧！）

⑸ 動2＋て＋行（い）く

a. 表示說話者敘述「某動作由近到遠的移動」。如圖所示：

て

29

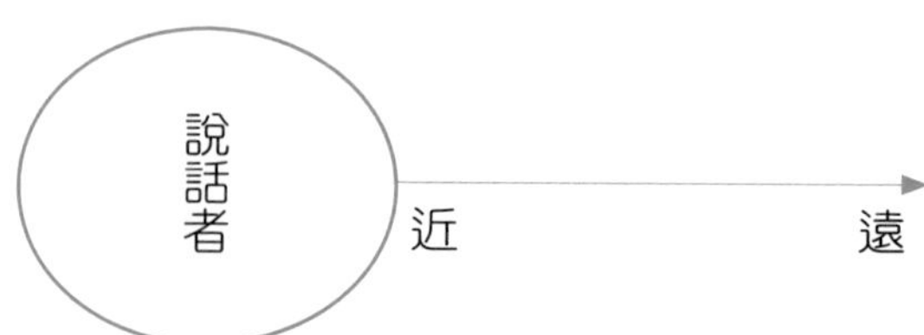

例句

子供（こども）は　動物園（どうぶつえん）へ　歩（ある）いて 行（い）きます。

（小孩子要走路去動物園。）

b. 表示「動作在時間上從現在朝向未來進行」。如圖所示：

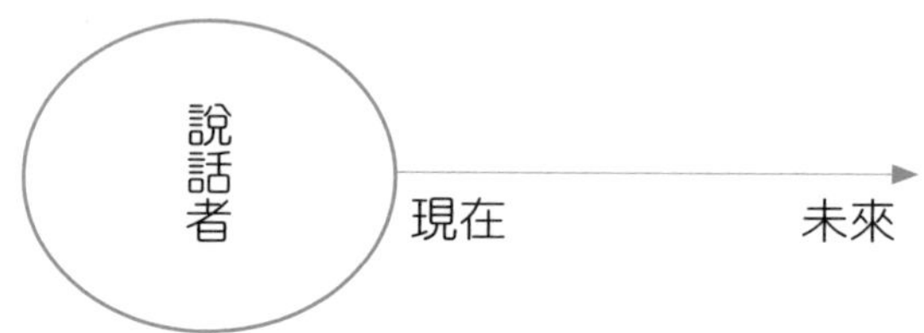

例句

騒音（そうおん）は　だんだん　静（しず）まって いきました。

（噪音漸漸地消失了。）

(6) 動2＋て＋来（く）る

a. 表示說話者敘述「某動作由遠到近的移動」。如圖所示：

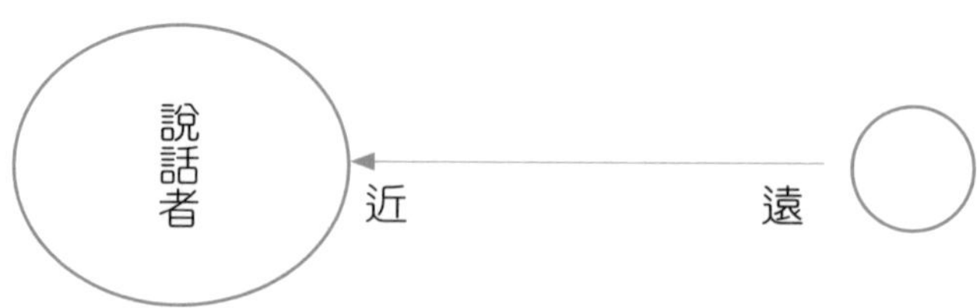

例句

兄(あに)は　明日　カナダから　帰(かえ)って 来(き)ます。 29

（哥哥明天會從加拿大回來。）

b. 表示「動作在時間上從過去朝向現在進行」。如圖所示：

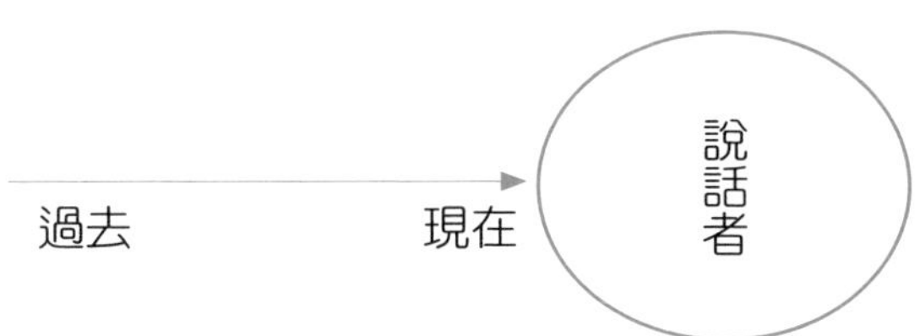

例句

四年前(よねんまえ)から、ずっと　体(からだ)を　鍛(きた)えて 来(き)た。

（從四年前開始，就一直在鍛鍊身體。）

c. 表示「動作的開始或出現」。例如：

公害問題(こうがいもんだい)が　出(で)て 来(き)ました。

（公害問題產生了。）

(7) 動2＋て＋見(み)る

表示「嘗試做某種動作」。例如：

日本料理(にほんりょうり)を　食(た)べて みます。

（嚐嚐看日本料理。）

(8) 動2＋て＋見(み)せる

表示「做某動作讓人看」。例如：

先生(せんせい)は　学生(がくせい)に　花(はな)を　生(い)けて 見(み)せます。

（老師要插花給學生看。）

(9) 動2＋て＋あげる（やる）

表示少數人稱為多數人稱「提供某動作」。如圖所示：

29

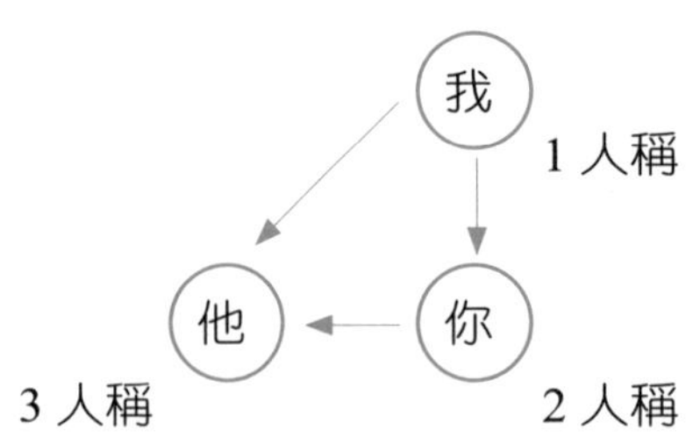

例句

あなたは　先生(せんせい)に　本(ほん)を　買(か)って あげましたか。

（你為老師買書了嗎？）

私は　娘(むすめ)に　本を　読(よ)んで やりました。

（我唸書給女兒聽了。）

⑽ 動2＋て＋下(くだ)さる（くれる）

表示多數人稱給少數人稱「提供某動作」。如圖所示：

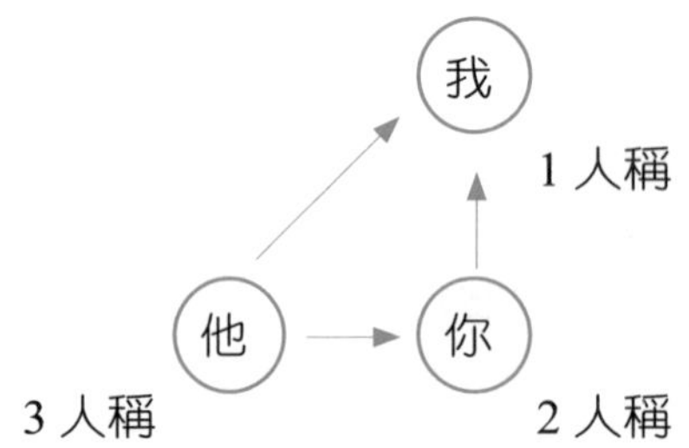

例句

先生(せんせい)は　私に　文章(ぶんしょう)を　説明(せつめい)して 下(くだ)さいました。

（老師為我說明文章。）

娘(むすめ)は　私に　本(ほん)を　読(よ)んで くれました。

（女兒唸書給我聽了。）

⑾ 動2＋て＋いただく（もらう）

表示少數人稱請求多數人稱「提供某動作」。如圖所示：

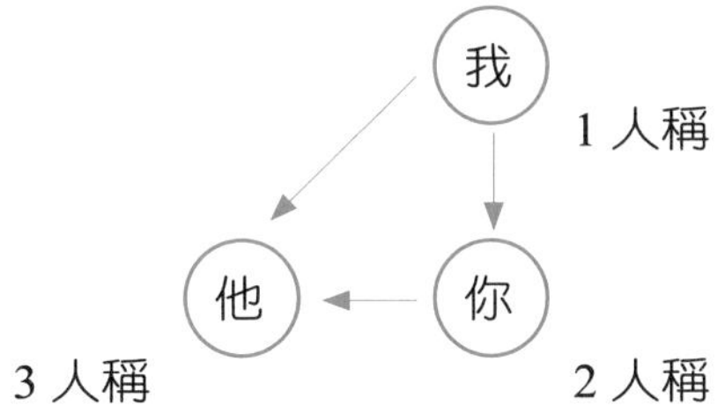

29

て

例句

あなたは　先生に　本を　買(か)って いただきましたか。

（你麻煩老師買書了嗎？）

私は　娘に　本を　読んで もらいました。

（我要女兒唸書給我聽。）

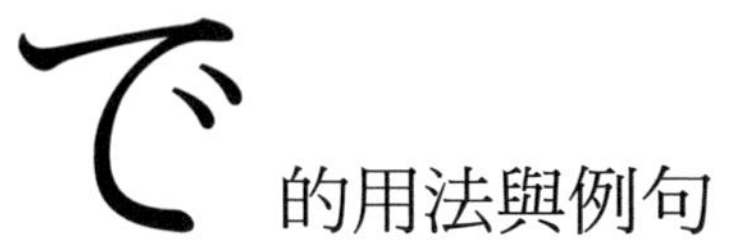

30

表示動作的場所（下接動態性動詞），如圖所示：

例句

1. 子供（こども）は　海岸（かいがん）で　遊（あそ）ぶ。
（小孩要在海邊遊玩。）

2. 図書館（としょかん）で　資料（しりょう）を　集（あつ）める。
（要在圖書館蒐集資料。）

3. 台所（だいどころ）で　料理（りょうり）を　作（つく）る。
（要在廚房作菜。）

4. 面接（めんせつ）で　いろいろ　聞（き）かれました。
（在面試場合，被問了許多問題。）

5. 会議（かいぎ）で　意見（いけん）を　提出（ていしゅつ）します。
（要在會議提出意見。）

30

で

表示「原因、理由」

例句

1. 地震(じしん)で　家(いえ)が　倒(たお)れた。

（因為地震，房子倒了。）

2. 雨(あめ)で　バスが　遅(おく)れました。

（因為下雨的關係，公車晚到了。）

3. 火事(かじ)で　森林(しんりん)が　焼(や)けた。

（由於火災，森林著火了。）

4. 彼(かれ)は　洪水(こうずい)で　溺(おぼ)れ死(し)んだ。

（他因為洪水而溺死。）

5. 先生(せんせい)の お蔭(かげ)で　学校(がっこう)を　卒業(そつぎょう)できました。

（托老師的福，從學校畢業了。）

表示「憑藉的方法、工具、手段或材料」

例句

1. マイカーで　通学(つうがく)します。

（開車上學。）

2. 鉛筆(えんぴつ)で　絵(え)を　書(か)く。

（用鉛筆畫畫。）

3. お金(かね)で　人(ひと)の 幸福(こうふく)は　買(か)えません。

（用錢買不到人的幸福。）

4. 色眼鏡(いろめがね)で　物(もの)を　見(み)る。

（以成見看事物。）

5. そばは　麦(むぎ)で　作(つく)る。

（麵是用小麥做的。）

6. この ソファーは　木(き)で　できている。

（這張沙發是用木頭做成的。）

30

指某個「特定的範圍」

例句

1. 食べ物の 中で、何が 一番 好きですか。
（食物中，哪一種最喜歡呢？）

2. クラスで、彼女が 一番 若い。
（班上她最年輕。）

3. 外国語の 中で、何語が 一番 得意ですか。
（外語中，哪一種語言最拿手呢？）

表示「數量的範圍」

例句

1. この 高速道路は 五年間で 完成した。
（這條高速公路，花了五年時間才完成的。）

2. この 本は 百円で 買える。
（這本書，一百塊錢買得到。）

表示「動作的主體」

例句

1. 洋服は 自分で 洗います。
（衣服自己洗。）

2. 一人で ゴルフを する。
（一個人打高爾夫球。）

3. 全員で ジョギングします。
（全體人員都要慢跑。）

4. 気象庁では 台風警報を 出した。
（氣象局發佈了颱風警報。）

ては的用法與例句

31

表示前句的條件會導致後句不好的結果

例句

1. 雪（ゆき）が　降（ふ）っては　困（こま）ります。
（如果下雪，會很麻煩。）

2. 消毒（しょうどく）しなくては　だめです。
（不消毒的話，是不行的。）

3. 騒（さわ）がしくては　仕事（しごと）が　できないでしょう。
（吵鬧的話，不能工作吧！）

表示動作的重覆

例句

1. 母（はは）は　話（はな）しては　泣（な）き、泣（な）いては　また　話（はな）した。
（母親說了就哭，哭了又說。）

2. 彼（かれ）は　ラブレターを　書（か）いては　破（やぶ）り、書（か）いては　破（やぶ）りして、なかなか　書（か）けない。
（他情書寫了又撕，撕了又寫，就是寫不好。）

てば（ってば）的用法與例句

32

向對方表示「不安或不滿的心情」

例句

1. お金(かね)を　貸(か)して　下(くだ)さいってば。
（借錢給我嘛！）

2. あの　人(ひと)ってば、また　約束(やくそく)を　破(やぶ)った。
（那個人呀，又爽約了！）

3. あなたってば、手紙(てがみ)ぐらい　くれても　いいのに。
（你也真是的，也不寫封信給我！）

指又想起對方所提示的話題（說到…）

例句

1. 面白(おもしろ)いってば、これは　絶対(ぜったい)に　面白(おもしろ)いわよ。
（說到有趣，這真的有趣哦！）

2. 小切手(こぎって)ってば、あの　小切手は　どうしたの。
（提到支票，對了，那支票怎麼樣了？）

ても 的用法與例句

33

ても

表示「ても」的前後句出現「違反常理的現象」（即使）

例句

1. 嵐(あらし)が　来(き)ても　釣(つ)りを　します。
（即使暴風雨要來，也要釣魚。）
2. 暑(あつ)くても　厚(あつ)い　服(ふく)を　着(き)ている。
（即使天氣熱，也穿著厚衣服。）

注意

此項用法在「ても」前面加上疑問詞表示加強語氣。

例句

1. 何度(なんど)　読(よ)んでも　分(わ)からない。
（無論讀幾次，都不懂。）
2. いくら　呼(よ)んでも　返事(へんじ)が　ありませんでした。
（再怎麼叫，也沒有回答。）
3. いつ　電話(でんわ)を　かけても　家(いえ)に　いない。
（不管什麼時候打電話，都不在家。）
4. 彼(かれ)は　どんなに　寒(さむ)くても　平気(へいき)です。
（他再怎麼冷也不在乎。）

表示「強調最大的限度」（就算…）

例句

1. 安(やす)くても　この 家(いえ)は　一千万円(いっせんまんえん)は　するのでしょう。
（這房子再便宜，起碼也要一千萬圓吧！）
2. 遅(おそ)くても　夜(よる)　十一時(じゅういちじ)には　帰(かえ)ります。
（即使再晚，晚上11點會回家。）

でも的用法與例句

34

表示「でも」的前後句出現「違反常理的現象」（即使）

例句

1. 雨天(うてん)でも　キャンプは　行(おこな)う。
（即使下雨，露營也要進行。）

2. その 和服(わふく)が　百万円(ひゃくまんえん)でも　私は　買(か)います。
（那件和服即使要一百萬圓，我也要買。）

3. 重病(じゅうびょう)でも　会社(かいしゃ)へ　出(で)なければ ならない。
（即使生重病，也必須去上班。）

提出「最極端例子」，來依此「類推」其他

例句

1. 犬(いぬ)でも　恩(おん)を　知(し)っている。
（就連狗也知道恩惠。）

2. 猫(ねこ)は　暗(くら)い 所(ところ)でも　目(め)が　見(み)える。
（貓就連在黑暗的地方，眼睛也看得見。）

3. 先生(せんせい)でも　間違(まちが)える ことが　ある。
（就連老師，也有弄錯的時侯。）

表示「舉例」

例句

1. お茶(ちゃ)でも　いかがですか。
（喝喝茶或什麼的好嗎？）

2. 怪我(けが)でも　したら、大変(たいへん)だ。
（如果受傷或什麼的，那就不得了了。）

3. 公園(こうえん)へでも　散歩(さんぽ)に　行(い)きましょう。

34

（去公園，或別的地方散步吧！）

前接「疑問詞」，強調「全面肯定」

例句

1. 果物(くだもの)なら　何(なん)でも　好(す)きです。

（只要是水果，什麼都喜歡。）

2. いつでも　遊(あそ)びに　いらっしゃい。

（隨時都歡迎來玩。）

3. どんな 悪人(あくにん)でも　多少(たしょう) の 良心(りょうしん)は　残(のこ)っているものだ。

（無論是怎樣的壞人，應該多少留有一些良知。）

と的用法與例句

35

表示「事物的列舉」

例句

1. 肉(にく)と　魚(さかな)と　卵(たまご)を　用意(ようい)しました。
（準備了肉、魚、蛋。）

2. 秀雄(ひでお)さんと　健(たけし)さんは　兄弟(きょうだい)です。
（秀雄和小健是兄弟。）

注意

「と」與「や」同樣表示事物的列舉，其差別如下：

「と」：列舉所見「所有」的事物。例如：

字典(じてん)と　本(ほん)が　ある。

（有字典和書）→全部有「兩種東西」

「や」：列舉所見「部分」事物。例如：

市場(いちば)に　食(た)べ物(もの)や　野菜(やさい)が　ある。

（市場有食物呀、蔬菜之類的東西。）→「不只兩種東西」

表示「動作的共事者」，即「動作的對象」，如圖所示：

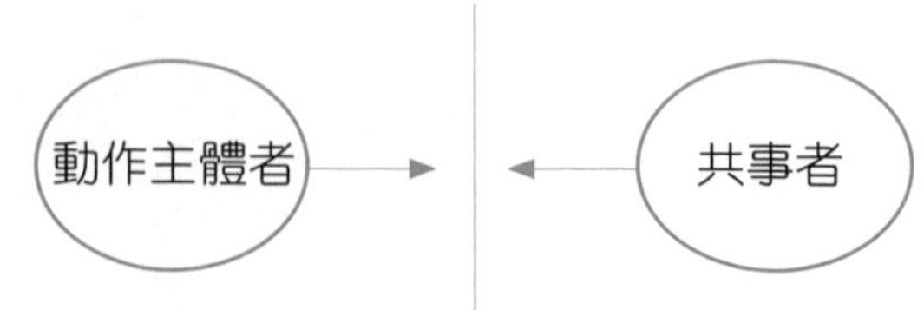

例句

35

1. 父(ちち)は　子供(こども)と　遊(あそ)びます。

（父親要和小孩子玩耍。）

2. 兄(あに)は　友達(ともだち)の　妹(いもうと)と　結婚(けっこん)します。

（哥哥要和朋友的妹妹結婚。）

注意

「と」與「に」同樣表示動作的對象，其差別如下：

「と」：表示共同動作的雙方之動作行為是雙向的，如例句1.2。

「に」：表示針對某對象做某動作，動作行為是單向的。如圖所示：

例句

私は　母(はは)に　手紙(てがみ)を　書(か)きました。私→母

（我寫信給母親了。）

所以，只是單向性的動作時，就不能用「と」。例如：

（○）彼(かれ)は　私に　花(はな)を　送(おく)りました。

（×）彼は　私と　花を　送りました。

（他送我花。）

相反的，必須做雙向性的動作時，就不能用「に」。例如：

（○）王(おう)さんは　木村(きむら)さんと　結婚(けっこん)します。

（×）王さんは　木村さんに　結婚します。

（王先生要和木村小姐結婚。）

35

常見句型為「…と＋動詞」。「と」前面的敘述是其後面動詞的動作內容

例句

1. 私は　四川料理は　辛いと　思います。
（我覺得四川料理辣。）
2. 林さんは　日本は　交通が　便利だと　言いました。
（林先生說：日本的交通方便。）
3. 留学しようと　考えている。
（正考慮要留學。）
4. 「車内禁煙」と　書いて　あります。
（寫著「車內禁止抽菸」。）
5. 「蛇だ！」と　叫びました。
（大叫「蛇呀！」）

表示「變化的結果」

例句

1. 長期間の努力も　水の泡と　なった。
（長期的努力也成了泡影。）
2. 試験の　結果は　不合格と　なった。
（考試結果是不及格。）

注意

此項用法的「と」可以「に」代換之，但正式場合書寫時，多用「と」。

35

表示「選擇比較的對象」

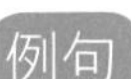

1. 中国語（ちゅうごくご）と　英語（えいご）と、どちらが　難（むずか）しいですか。
（中文和英文，哪一個困難呢？）

2. これは　私の 帽子（ぼうし）と 違（ちが）う 形（かたち）です。
（這帽子和我的不一樣。）

3. 猿（さる）の 顔（かお）は　人間（にんげん）と　似（に）ています。
（猴子的臉和人類相似。）

表示「假設」

例句

1. 長（なが）い 間（あいだ）、雨（あめ）が　降（ふ）らないので、降（ふ）って くれると、助（たす）かります。
（因為很久沒下雨了，如果下雨的話，就太好了。）

2. 値段（ねだん）が　百円（ひゃくえん）　高（たか）いと、買（か）いません。
（如果價錢貴一百塊就不買。）

3. 静（しず）かだと、勉強（べんきょう）できます。
（安靜的話，就能讀書。）

表示「前句的條件導致後句必然的結果」

例句

1. 春（はる）に　なると、花（はな）が　咲（さ）く。
（春天來到，花就會開。）

2. 風（かぜ）が　吹（ふ）くと、波（なみ）が　立（た）ちます。
（風吹就會起波浪。）

3. 3から　3を　引（ひ）くと、0（ゼロ）　に　なる。
（3-3=0）

4. 年（とし）を　取（と）ると、体力（たいりょく）も　弱（よわ）って来（く）る。  35

（上了年紀，體力也變虛弱。）

表示「一個動作完成後，緊接著發生下一個動作或發現另一個動作」（一…就…）

例句

1. 家（うち）へ　帰（かえ）ると、すぐ　食事（しょくじ）します。

（一回到家，馬上就吃飯。）

2. 窓（まど）を　開（あ）けると、蚊（か）が　飛（と）び込（こ）んだ。

（一打開窗戶，蚊子就飛進來了。）

3. 入場券（にゅうじょうけん）を　買（か）いに　行（い）くと、もう　売（う）り切（き）れでした。

（去買入場券，卻發現已經賣完了。）

接在「名詞、數詞、副詞等」後面，用來修飾其後面的句子，為「副詞性」用法

例句

1. 飛行機（ひこうき）は　一機一機（いっきいっき）と　飛（と）び立（た）ちました。

（飛機一架一架地起飛了。）

2. 二度（にど）と　ここへ　来（こ）ない。

（不會再到這裏來。）

3. 家（いえ）は　ゆらゆらと　揺（ゆ）れている。

（房子搖搖晃晃地。）

4. 虫（むし）は　次（つぎ）から次（つぎ）へと　這（は）って来（く）る。

（蟲一隻一隻地爬出來。）

5. ゆっくりと　解説（かいせつ）します。

（慢慢地解說。）

と的慣用形

36

■～として

表示具有某種「資格、立場或身分」。例如：

1. 国費留学生として、イギリスへ来た。
（以公費留學生的身份，來到了英國。）

2. 彼は映画の監督として有名です。
（他是知名的電影導演。）

3. 徳川家康は将軍として日本を支配した。
（德川家康以將軍身份統治了日本。）

表示「強調毫無例外的事情」，後接「否定句」。例如：

1. 一日として休む日はありません。
（沒有一天休息。）

2. 旅客機の墜落事故で、一人として助かった者はいなかった。
（客機失事墜毀事件中，沒有一個人倖免於難。）

■「～といった」＝「～というような」（什麼之類的）

春に桜や梅といった花が次々と咲きます。
（春天時，像櫻花、梅花這樣的花朵不斷地盛開。）

■「～という」（說是）

1. 「吾が輩は猫である」という本を読んだことがありますか。
（你讀過叫做《我是貓》這本書嗎？）

36

2.「美奈子」という 美人が　いる。

（有一個名叫美奈子的美人。）

■「～とは」＝「～というのは」（所謂的）

例句

1. 食生活とは　胃袋を　一杯に　すれば よいと
いうものではない。

（所謂的飲食生活，並非把胃裝滿就好了。）

2.「人生とは　重荷を　背負って 歩むようなものだ」——
（徳川家康名言）

（所謂的人生，就像是背負著重擔而走。）

■「～って」

★＝「～というものは」，用來提示句子的主題

1. 東京って　いいところね。

（東京真是好地方。）

2. 人間って　不思議なものですね。

（人類真是不可思議的動物。）

★表示重覆敘述對方的發言

1. いつって、来年の　秋だよ。

（說到什麼時候，就是明年的秋天啊！）

2. 困ったって、どう したの。

（你說傷腦筋，是怎麼了呢？）

★＝「～という」

1. 死ぬってことは　やっぱり　恐いんだろうなあ。

（死這件事還是可怕的吧！）

2. 小田さんって人を　知って いますか。

（你知道一個名叫小田的人嗎？）

36

★＝「～と」

1. 立入り禁止って　書いて ある。

（寫著「禁止進入」字樣。）

2. 指揮者っていうのは　大変な 職 業 だよ。

（指揮家這種職業是非常累人的。）

★＝「～といって」（說是）

花を　見に　行くって、出掛けたよ。

（說是要去看花，就出去了。）

と

注意

「って」前接「ん」音時，可以「て」的型態表示。例如：

林さんって誰？

→林さんて誰？

とか的用法與例句

37

表示「舉例」

例句

1. 非行少年は　恐喝とか　脅迫などを　する。
（不良少年會恐嚇或脅迫。）

2. 登山を　するとか、水泳に　行くとかして　休みを　過します。
（放假時，就爬山或去游泳等。）

並列兩個相反的事例表示不確定

例句

1. 新人を　採用するとか、採用しないとか　態度が　はっきり　しません。
（是不是要採用新人，態度不明確。）

2. 核戦争が　起こるとか、起こらないとかいう噂が　ある。
（謠傳不知是否會發生核子戰爭。）

ところ(が) 的用法與例句

38

表示前句所預期的事情，卻在後句中出現「超乎預料的結果」

例句

1. 先生(せんせい)に　聞(き)いたところ（が）、先生も　知(し)らないそうだ。
（問過老師了，不過連老師都說不知道。）

2. 買物(かいもの)に　行(い)ったところ（が）、閉店(へいてん)だった。
（去買東西，可是店關門了。）

3. 店(みせ)を　開(ひら)いたところ（が）、客(きゃく)が　全然(ぜんぜん)　来(き)ませんでした。
（雖然開店營業，可是都沒有客人來。）

どころか的用法與例句

39

表示「事情出乎預料之外」（別說…就連…）

例句

1. 独身(どくしん)どころか、もう　二人(ふたり)も 子供(こども)が　いる。

（別說是單身了，就連小孩子也有兩個了。）

2. 勝(か)つどころか、二回(にかい)も　負(ま)けた。

（別說是勝利，還連輸兩次。）

3. あの 人(ひと)は　先生(せんせい)を　尊敬(そんけい)するどころか、恨(うら)んでいる。

（那個人別說是尊敬老師，還很怨恨。）

ところで的用法與例句

40

與「ても」的用法相同（即使…）

例句

1. 今　行(い)った ところで、間(ま)に合(あ)いません。

（縱然現在去，也來不及。）

2. 彼(かれ)は　私が　何(なに)か 言(い)った ところで、聞(き)きは　しない。

（即使我講什麼，他都是不聽的。）

3. 心配(しんぱい)した ところで、仕方(しかた)が　ありません。

（就算擔心，也無可奈何。）

とも 的用法與例句

41

表示「全面性的肯定」

例句

1. 私達は　三人とも　紅茶党です。
（我們三個人都愛喝紅茶。）
2. 二軒とも　休みだった。
（兩家都休息了。）
3. 男女とも　優勝しました。
（男女都獲勝。）

指大約的「限度」

例句

1. 遅くとも　十二時までには　帰る。
（最遲十二點以前會回家。）
2. 少なくとも　週に一回　テニスの練習を　している。
（一個禮拜至少練習一次網球。）
3. 多少とも　一箇月ぐらい　入院しなければ ならない。
（至少必須住院一個月左右。）

表示（連…也包含在內）

例句

1. 運賃とも　二百六十円です。
（連同運費是260元。）
2. その小包は　郵送料とも　六百円です。
（那件包裹，連同郵資是600元。）

41

相當於（縱然…）

例句

1. どんな ことが あろうとも、行(い)っては いけない。
（不管有什麼事，就是不能去。）

2. 人(ひと)が 何(なに)を 言(い)おうとも、心配(しんぱい)しないで 下(くだ)さい。
（不管別人怎麼說，都請不用擔心。）

3. 辛(つら)くとも、我慢(がまん)して 下(くだ)さい。
（縱然辛苦，也請忍耐。）

表示「強烈的肯定語氣」，出現在「句尾」

例句

1. A：あの 子(こ)は いい子(こ)だろうか。
（那孩子是好孩子吧！）

B：ああ、いい子(こ)だとも。
（是啊！的確是好孩子。）

2. A：同窓会(どうそうかい)、どうするつもり？
（同學會，打算怎麼樣？）

B：勿論(もちろん)、参加(さんか)しますとも。
（當然要參加了。）

3. A：塩(しお)を 買(か)って 下(くだ)さい。
（請去買鹽。）

B：ああ、いいとも。
（哦！好啊！）

4. A：君(きみ)の 将来(しょうらい)の 夢(ゆめ)は、そんなに 大(おお)きいのか？
（你未來的夢想那麼樣地大呀？）

B：そうさ、遠大(えんだい)だとも！
（是呀！是很遠大的！）

な（なあ）的用法與例句

42

表示「禁止的命令」句

例句

1. 触(さわ)るな！
（別碰！）

2. 出鱈目(でたらめ)を　言(い)うな！
（別胡說！）

3. 来(く)るな、来(く)るな。
（別來！別來！）

4. 贅沢(ぜいたく)を　するな！
（別奢侈！）

表示「緩和語氣的命令或請求」

例句

1. もう 遅(おそ)いから、帰(かえ)りな（さい）。
（已經天晚了，回去吧！）

2. 私の 家(うち)に　いらっしゃいな。
（歡迎到我家來呀！）

3. 早(はや)く　食(た)べて ちょうだいな。
（快點吃哦！）

表示「感嘆、感動語氣」

例句

1. ああ、いい 天気(てんき)だな(あ)。
（啊！真是好天氣！）

2. 困(こま)ったな(あ)、お水(みず)が　出(で)ないから。 42

（沒有水，真傷腦筋！）

3. 悲(かな)しいな(あ)、大学(だいがく)に　受(う)からなかった。

（考不上大學，真令人傷心！）

表示「自信的肯定語氣」

例句

1. 明日、台風(たいふう)が　来(く)ると　思(おも)うな。

（我想，明天颱風會來。）

2. 追試験(ついしけん)は　きっと　パスしたな。

（補考一定過關了。）

3. 彼(かれ)は　もう　ビザが　取(と)れたな。

（他已經取得了簽證。）

表示「徵求對方認同的語氣」

例句

1. 本の 返却(へんきゃく)は　昨日(きのう)だったな。

（還書是在昨天吧！）

2. 彼(かれ)じゃないよな。

（不會是他吧，對不對？）

3. 幼(おさ)な 友達(ともだち)は　いいものだな。

（小時候的朋友真是好，不是嗎？）

な

ながら的用法與例句

43

表示同一主語的兩個動作「並行」（…一邊…一邊…）

例句

1. 姉(あね)は　音楽(おんがく)を　聴(き)きながら、料理(りょうり)を　した。
（姊姊一邊聽音樂，一邊做了菜。）

2. 彼女(かのじょ)は　泣(な)きながら、歌(うた)を　歌(うた)っている。
（她邊哭邊唱歌。）

表示「ながら」的前後句「出現違反常理的事情」（雖然…但是…）

例句

1. この カメラは　小型(こがた)ながら、性能(せいのう)は　抜群(ばつぐん)です。
（這台相機雖然小，但是功能卻是超群的。）

2. 彼女(かのじょ)は　真相(しんそう)を　知(し)っていながら、話(はな)したがりません。
（雖然她知道真相，卻不願意說。）

3. 車(くるま) は　小(ちい)さいながら、よく　走(はし)る。
（車子雖小卻很能跑。）

表示「慣用句」

例句

1. あの 子(こ)は　生(う)まれながらの 天才(てんさい)です。
（那孩子是與生俱來的天才。）

2. 蜜柑(みかん)を　皮(かわ)ながら　食(た)べた。
（橘子連皮吃了。）

3. 残念(ざんねん)ながら　聴講(ちょうこう)に　行(い)けない。
（很遺憾不能去旁聽。）

4. 京都(きょうと)には　昔(むかし)ながらの　建物(たてもの)が　並(なら)んでいる。  43

（在京都有一如往昔的建築物並列著。）

5. いつもながらの 道(みち)を　歩(ある)いた。

（走過一如往常的路。）

6. 失礼(しつれい)ながら、説明(せつめい)して いただけませんか。

（不好意思，可否麻煩您說明？）

7. しかしながら、君(きみ)の 考(かんが)えだけで　決(き)める ことは できない。

（但是，不能光憑你的想法來決定。）

8. 兄弟四人(きょうだいよにん)ながら、議員(ぎいん)に　なった。

（兄弟四人全都成了議員。）

44

など（なぞ、なんか、なんぞ）的用法與例句

表示「列舉類似的事物」

例句

1. 文学（ぶんがく）や　自然科学（しぜんかがく）などの　コースが　あります。
（有文學、自然科學等等各種課程。）

2. 部屋（へや）には、テレビや　カラオケや　冷蔵庫（れいぞうこ）などが　ある。
（房間裏有電視啦、卡拉OK啦、冰箱等。）

表示「舉例」（…之類的）

例句

1. あそこへなど　二度（にど）と　行（い）きや しない。
（再也不去像那裏那種地方。）

2. 僕（ぼく）などには　出来（でき）ない。
（像我這樣的人是不會的。）

3. 会社（かいしゃ）を　辞（や）めるなどと　言（い）っている。
（說是要辭職什麼的。）

注意

「なぞ」、「なんか」「なんぞ」是比較口語的說法。

なり 的用法與例句

45

表示從並列事物中作「選擇」

例句

1. 電話(でんわ)なり　手紙(てがみ)なりで、知(し)らせます。
（會用電話或寫信通知。）

2. 登校(とうこう)するなり、しないなり、君(きみ)の勝手(かって)です。
（要不要上學，都是你的自由。）

表示「一個動作發生後緊接著發生另一個動作」（一…就…）

例句

1. 赤(あか)ちゃんは　お母(かあ)さんの顔(かお)を　見(み)るなり、笑(わら)い出(だ)した。
（嬰兒一看到母親的臉，就笑出來了。）

2. 慰安婦(いあんふ)は　悲(かな)しい　過去(かこ)を　話(はな)し出(だ)すなり、泣(な)き出(だ)した。
（慰安婦一說到自己悲傷的過去，就哭了出來。）

3. 警官(けいかん)は　犯人(はんにん)の腕(うで)を　摑(つか)むなり、手錠(てじょう)を　かけました。
（警官一抓住犯人的手腕，就銬上了手銬。）

表示「舉例說明」

例句

1. 父(ちち)になり　相談(そうだん)します。
（跟家父等商量。）

2. 退屈(たいくつ)なので、雑誌(ざっし)なり（と）読(よ)みます。
（因為無聊，看看雜誌等。）

注意

45

此項用法與「でも」用法3語意相同。

前接「疑問詞」表示「全面肯定」

例句

1. どれなり（と） 選(えら)んで 下(くだ)さい。
（請隨意挑選。）

2. どこへなり（と） 行(い)っても　いい。
（去哪裏都好。）

3. 誰(だれ)なり（と） 来(き)ても　かまいません。
（誰來都沒關係。）

注意

以上用法可以「なりと」或「なりとも」代換。

表示「一個動作發生後，就沒有其他動作發生」

例句

1. その 百科辞典(ひゃっかじてん)を　買(か)ったなり、あまり　利用(りよう)していない。
（那本百科辭典自從買了之後，都很少去利用。）

2. その 船(ふね)は　出港(しゅっこう)したなり、行方不明(ゆくえふめい)に　なっています。
（那艘船自從出航，至今行蹤不明。）

注意

此項用法與「きり」的最後用法相同，請參照。

に的用法與例句

46

に

表示「存在場所」，後接「靜態性動詞」，如圖所示：

例句

1. 池(いけ)の　中(なか)に　鯉(こい)が　居(い)る。

（池塘裏有鯉魚。）

2. 家(いえ)は　どこに　ありますか。

（房子在哪裏？）

3. 門(もん)の　前(まえ)に　立(た)つ。

（站在門前。）

4. 石(いし)の　上(うえ)に　座(すわ)っている。

（坐在石頭上。）

5. 山(やま)に　雪(ゆき)が　積(つ)もる。

（山上會積雪。）

46

6. 道路(どうろ)に　車(くるま)が　止(と)まって いる。

（車子停在路上。）

7. 庭園(ていえん)に　松(まつ)が　植(う)えて ある。

（庭園裏種著松樹。）

8. その 医者(いしゃ)は　病人(びょうにん)の 立場(たちば)に　立(た)って 診断(しんだん)を　する。

（那位醫生站在病人的立場做診斷。）

注意

常見的靜態性動詞尚有：住(す)む（居住）　置(お)く（放置）
勤(つと)める（工作）　泊(と)まる（投宿）　残(のこ)る（剩下）…

表示「動作的到達點」，如圖所示：

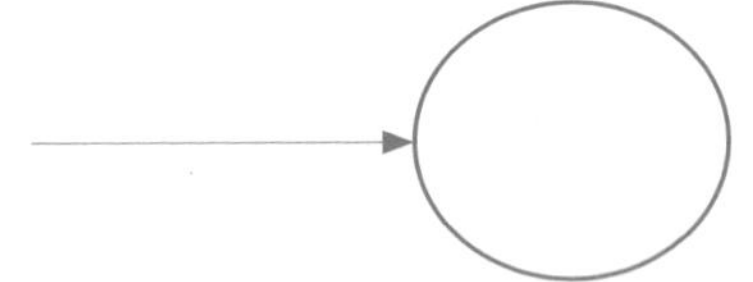

例句

1. 旅館(りょかん)に　行(い)く。

（去旅館。）

2. 空港(くうこう)に　着(つ)きました。

（到達機場了。）

3. 黒板(こくばん)に　図(ず)を　描(えが)く。

（在黑板上描繪圖形。）

4. 人々(ひとびと)が　広場(ひろば)に　集(あつ)まりました。

（人們聚集在廣場了。）

5. 壁(かべ)に　紙(かみ)を　貼(は)ります。

（在牆壁上貼紙。）

6. 伝染病（でんせんびょう）は　全国（ぜんこく）に　広（ひろ）がりました。

46

（傳染病已經擴散到全國各處。）

7. 鼠（ねずみ）が　部屋（へや）に　入（はい）りました。

（老鼠進到房間來了。）

8. 海（うみ）に　落（お）ちた。

（掉到海裏了。）

に

9. 会社（かいしゃ）に　出（で）る。

（到公司去。）

10. 電車（でんしゃ）に　乗（の）る。

（搭乘電車。）

注意

此項用法中常見的動詞尚有：入（い）れる（放入）　帰（かえ）る（回家）　置（お）く（放置）　戻（もど）す（放回）　沈（しず）む（下沉）　捨（す）てる（捨棄）　植（う）える（種植）　達（たっ）する（達到）…

表示「時間」

例句

1. 私は　六時（ろくじ）に　起（お）きる。

（我六點鐘起床。）

2. 父（ちち）は　休日（きゅうじつ）に　マージャンを　する。

（家父在假日時，打麻將。）

3. 夏（なつ）に　海（うみ）へ　行（い）く。

（夏天時，去海邊。）

4. 三年前（さんねんまえ）に　福岡（ふくおか）に　来（き）た。

（三年前，來到福岡。）

46

5. 泥棒(どろぼう)は　誰(だれ)も　居(い)ないうちに　黄金(おうごん)を　盗(ぬす)んだ。

（小偷趁著沒人在時，偷走了黃金。）

6. 階段(かいだん)を　降(お)りた途端(とたん)に　目眩(めまい)が　した。

（正在下階梯的當兒，覺得頭暈。）

7. 次(つぎ)に　詩(し)を　朗読(ろうどく)して下(くだ)さい。

（接下來，請朗誦詩。）

注意

有些表示時間語彙不可接「に」，例如：

1. 一昨日(おととい)（前天）　昨日(きのう)（昨天）　今日(きょう)（今天）　明日(あした)（明天）　明後日(あさって)（後天）
2. 先先週(せんせんしゅう)（上上禮拜）　先週(せんしゅう)（上禮拜）　今週(こんしゅう)（這禮拜）　来週(らいしゅう)（下禮拜）　さ来週(らいしゅう)（下下禮拜）
3. 先先月(せんせんげつ)（上上個月）　先月(せんげつ)（上個月）　今月(こんげつ)（這個月）　来月(らいげつ)（下個月）　さ来月(らいげつ)（下下個月）
4. 一昨年(おととし)（前年）　去年(きょねん)（去年）　今年(ことし)（今年）　来年(らいねん)（明年）　さ来年(らいねん)（後年）
5. 毎朝(まいあさ)（每天早上）　毎晩(まいばん)（每天晚上）　毎日(まいにち)（每天）　毎週(まいしゅう)（每星期）　毎月(まいつき)（每個月）　毎年(まいとし)（每年）
6. 朝(あさ)（早上）　夜(よる)（晚上）　今朝(けさ)（今天早上）　今晩(こんばん)（今天晚上）　午前中(ごぜんちゅう)（上午）　午後(ごご)（下午）　夕方(ゆうがた)（黃昏）
7. 昔(むかし)（以前）　さっき（剛才）　最近(さいきん)（最近）　今(いま)（現在）　この間(あいだ)（近來）　将来(しょうらい)（將來）　いつ（什麼時候）　いつも（經常）

表示「變化的狀態、結果」或「選擇、決定」

46

例句

1. 信号(しんごう)が　黄色(きいろ)に　変(か)わる。

（燈號變黃色。）

2. 水(みず)が　氷(こおり)に　なる。

（水結成冰。）

3. 豆腐(とうふ)を　三(みっ)つに　切(き)る。

（將豆腐切成三塊。）

4. 家(いえ)を　売(う)って　金(かね)に　換(か)える。

（將房子賣掉，變換成現金。）

5. 英語(えいご)を　中国語(ちゅうごくご)に　翻訳(ほんやく)する。

（將英文翻成中文。）

6. 鶏(にわとり)の　卵(たまご)が　雛(ひな)に　孵(かえ)る。

（雞蛋孵化成小雞。）

7. 午後三時(ごごさんじ)です、お茶(ちゃ)に　しましょう。

（現在是下午三點鐘，我們來喝茶吧！）

8. 私は　食事(しょくじ)の後(あと)、昼寝(ひるね)を　することに　している。

（我都是在吃過飯後，睡午覺。）

9. この店(みせ)では、食(た)べる前(まえ)に　食券(しょっけん)を買(か)う　ことに
なっています。

（這家店都在吃之前，先買餐券的。）

10. 頭痛(ずつう)を　理由(りゆう)に（して）学校(がっこう)を　休(やす)む。

（以頭痛為理由，沒去學校。）

表示「動作的對象」，如圖所示：

46

例句

1. 家内(かない)に　電話(でんわ)を　かける。
（打電話給我太太。）

2. 草花(くさばな)に　水(みず)を　やる。
（給草澆水。）

3. 市民(しみん)は　汚職(おしょく)事件(じけん)の ニュースに　注目(ちゅうもく)している。
（市民們都在注意瀆職事件的消息。）

4. 魚(さかな)は　猫(ねこ)に　食(た)べられる。
（魚被貓吃。）

5. 母(はは)は　娘(むすめ)に　コンピューターを　習(なら)わせる。
（母親叫女兒學電腦。）

6. 私は　彼(かれ)に　友達(ともだち)を　紹介(しょうかい)して あげる。
（我要介紹朋友給他。）

7. 皆様(みなさま)には　お元気(げんき)でいらっしゃいますか。
（大家都好嗎？）

表示「動作的目的」

例句

1. 山(やま)へ　桜(さくら)を　見(み)に　行(い)きます。
（到山上去看櫻花。）

2. 日本(にほん)へ　生花(いけばな)の 勉強(べんきょう)に　来(き)ました。
（到日本來學插花。）

3. 金を　稼ぐ ために　働きます。

（為賺錢而工作。）

4. 京都駅へ　行く（の）には　どう しますか。

（要怎樣去京都車站呢？）

5. 車 は　郊外で　生活するのに　必要です。

（車子是在郊外生活所必需的。）

46

に

動作的「依據或基準」

例句

1. 寮 は　海に　近い。

（宿舍靠近海。）

2. 一時間は　六十分に　等しい。

（一個小時等於六十分鐘。）

3. 子供は　母に　似ている。

（小孩子像母親。）

4. 私には　スペイン語が　分かる。

（我懂西班牙語。）

5. この 金庫は　火に　強い。

（這個保險櫃耐火。）

6. 北海道は　四国に　比べて　寒い。

（北海道和四國比起來較冷。）

表示「動作發生的次數、比例」

例句

1. 一日に　三回　薬を　飲む。

（一天吃三次藥。）

2. 二週間おきに　帰京する。

（每兩星期，回東京一次。）

46

3. 十人(じゅうにん)に　一人(ひとり)の　競争率(きょうそうりつ)。

（十人選一的競爭比率。）

4. この蜜柑(みかん)を　一人(ひとり)に　二個(にこ)ずつ　配(くば)って下(くだ)さい。

（這橘子請每人分兩個。）

5. 二十(にじゅう)メートルごとに　一本(いっぽん)旗(はた)を　立(た)てる。

（每二十公尺插一枝旗子。）

表示「名詞的並列或組合」

例句

1. 果物(くだもの)は　梨(なし)に　葡萄(ぶどう)に　柿(かき)です。

（水果是梨子、葡萄、柿子。）

2. 茶碗(ちゃわん)に　箸(はし)。

（碗和筷子。）

3. 鬼(おに)に　金棒(かなぼう)。

（如虎添翼。）

表示「原因」

例句

1. あの作家(さっか)は　人生(じんせい)に　疲(つか)れて　自殺(じさつ)した。

（那個作家由於對人生感到疲乏，而自殺了。）

2. あの乞食(こじき)は　癌(がん)に　苦(くる)しんでいます。

（那乞丐為癌症所苦。）

3. 妹(いもうと)は　恥(はず)かしさに　何(なに)も　言(い)えなかった。

（妹妹因為害羞，什麼都說不出來了。）

4. 幽霊(ゆうれい)の話(はなし)を　聞(き)いた恐(おそろ)しさに　眠(ねむ)れなかった。

（因為聽了鬼故事而害怕，以致睡不著覺。）

5. 一円(いちえん)を　笑(わら)うものは　一円(いちえん)に　泣(な)く。

（一文錢逼死一名好漢。）

以「動2＋に＋動詞」句型表示「強調動作的繼續或重覆」

46

例句

1. 待ちに 待った 新年が　来た。
（等了又等的新年，終於來了。）

2. 歌いに 歌って、大変　愉快です。
（歌唱了又唱，非常愉快。）

3. 考えに 考えた 末、辞職を　決めた。
（考慮了又考慮的結果，是決定辭職。）

以「動詞（或形容詞）＋には＋動詞（或形容詞）」句型表示「某動作程度的強調」

例句

1. 学校へ　行くには 行くが、少しも 勉強 しない 学生も 多い。
（學校去是有去，但是毫不用功的學生也很多。）

2. 頭が　良いには　良いが、人柄が　良くない。
（頭腦好是好，但是人品不好。）

3. 彼女は　美しいことは　美しいが、あまり　好きではない。
（她說起來美麗是挺美麗的，但是不怎麼喜歡。）

注意

此項用法「に」可改為「こと」（如例句3），意思不變。

以「副詞形」式出現，「修飾後面的動詞」等

例句

1. すぐに　氏名を　明記して 下さい。
（請馬上寫明姓名。）

46

2. 実に　その番組は　良かったね。

（說實在的，那個節目不錯啊！）

3. あの教授は　更に　古典文学の研究を　続けた。

（那位教授，更進一步繼續古典文學的研究。）

4. 虫は　しきりに　鳴く。

（蟲一直在叫。）

常見於句尾，表示「遺憾、不滿的心情」

例句

1. 雨だと分かっていたら、ピクニックをしなかっただろうに。

（早知道會下雨的話，也許就不會去野餐了。）

2. 暴風雨が　なかったら、転覆は　しなかったでしょうに。

（要是沒有暴風雨的話，也許就不會翻船了吧！）

に的慣用形

47

■「～に よって」＝「～に より」。表示「依據、憑藉、原因」

例句

1. 友人（ゆうじん）の 協力（きょうりょく）に よって、成功（せいこう）したのである。
（憑藉著朋友的協助而成功的。）

2. オイルショックに よって、インフレが 世界中（せかいじゅう）に 波及（はきゅう）した。
（由於石油危機，而導致全球性的通貨膨脹。）

3. 国（くに）に よって、習慣（しゅうかん）や 風俗（ふうぞく）は 異（こと）なる。
（因國家的不同，而習慣、風俗等也會不同。）

■「～に よる」＋名詞。表示「依據、憑藉、原因」

例句

1. 王子（おうじ）の 命令（めいれい）に よる 城（しろ）の 建築（けんちく）。
（根據王子命令而建的城堡建築。）

2. ピアノに よる演奏（えんそう）。
（鋼琴演奏。）

3. キュリー夫人（ふじん）は 放射能（ほうしゃのう）に よる 最初（さいしょ）の 死者（ししゃ）です。
（居里夫人，是放射能所導致死亡的第一個人。）

■「～に しては」（以…而言）

例句

あの 人（ひと）は アメリカ人（じん）に しては 背（せ）が 低（ひく）い。
（那個人以美國人而言，身高是矮小的。）

に

■「Aに とって」（以A的角度來看，主語是…）

例句

1. エイズは 人類（じんるい）に とって、極（きわ）めて 危険（きけん）な 病気（びょうき）です。
（主語）　（A）
（以人類的角度來看，愛滋病是極危險的疾病。）

2. 生物（せいぶつ）に とって、水（みず）は 不可欠（ふかけつ）です。
（A）　（主語）
（以生物的角度來看，水是不可或缺的。）

■「主語は A に 対（たい）して」（主語對A…）

例句

1. 母親（ははおや）は 子供（こども）に 対（たい）して 甘（あま）い。
（主語）　（A）
（母親對小孩子寵愛寬容。）

2. 若者（わかもの）は 天皇（てんのう）に 対（たい）して 殆（ほとん）ど 無関心（むかんしん）です。
（主語）　（A）
（年輕人對天皇幾乎是漠不關心。）

■「～に ついて」。（有關於…）

例句

1. 家族（かぞく）に ついて 話（はな）す。
（談有關於家人的事。）

2. 中国（ちゅうごく）に ついての 歴史（れきし）。
（關於中國的歷史。）

■「～に つき」。表示「原因或比率」

例句

1. 私有地（しゆうち）に つき、駐車（ちゅうしゃ）は ご遠慮（えんりょ）下（くだ）さい。
（因為是私人土地，請勿停車。）

2. 会費(かいひ)は　一人(ひとり)に つき、二千円(にせんえん)です。

（會費每人2,000圓。）

47

■「～に 関(かん)して＝～に ついて」。（有關於…）

例句

私は　経済問題(けいざいもんだい)に 関(かん)して、レポートを　書(か)いた。

（關於經濟問題，我寫了報告。）

に

■「～に 関(かん)する」＋名詞。（有關於…）

例句

日本人(にほんじん)に 関(かん)する 精神生活(せいしんせいかつ)の 本(ほん)を　読(よ)んだ。

（讀了關於日本人的精神生活的書。）

■「～に 際(さい)して＝～に あたって」。（面臨…之際）

例句

結婚(けっこん)に 際(さい)して、ご幸福(こうふく)を　お祈(いの)りします。

（面臨結婚之際，祝您幸福。）

■「～に おいて＝～で」。表示「動作發生的場所或時間」

例句

1. 入学式(にゅうがくしき)は　ホールに おいて　行(おこな)われる。

（入學典禮在大廳舉行。）

2. 理想(りそう)は　未来(みらい)に おいて、実現(じつげん)するのでしょう。

（理想在未來終會實現的吧！）

■「～に おける＝～での」＋名詞。（在…）

例句

1. カナダに おける 四季(しき)の 風景(ふうけい)は　美(うつく)しいものです。

（在加拿大的四季風景是美麗的。）

2. 日本に おける 石油の 生産量は　極端に 少ない。 47

（在日本的石油產量極為稀少。）

■「～に つれて」。（隨著…）

例句

1. 商業の 発展に つれて、国民の 生活も　豊かに なる。

（隨著商業的發展，國民的生活也變富裕。）

2. 電波は　遠く なるに つれて、弱く なる。

（電波隨著漸遠而變弱。）

■「～に 違いない」。（必定是…）

例句

1. 彼は　フランス人に 違いない。

（他一定是法國人。）

2. 王さんは　宿舎に　居るに 違いない。

（王先生一定是在宿舍。）

■「～に 過ぎない」。（只不過…）

例句

月給は　僅か　二万元に 過ぎない。

（月薪只不過兩萬元。）

にて 的用法與例句

48

表示「動作發生的場所」

例句

1. 卒業式(そつぎょうしき)は　大学講堂(だいがくこうどう)にて　行(おこな)われます。
（畢業典禮將於大學禮堂舉行。）

2. 博物館(はくぶつかん)にて　お待(ま)ち申(もう)し上(あ)げます。
（在博物館等候您。）

表示「憑藉的方法、手段、工具」

例句

1. 書類(しょるい)は　速達便(そくたつびん)にて　御返送下(ごへんそうくだ)さい。
（文件請以快信方式寄回來。）

2. 部長(ぶちょう)は　大阪発(おおさかはつ)の飛行機(ひこうき)にて　出張(しゅっちょう)の予定(よてい)です。
（經理預定搭大阪出發的飛機出差。）

注意

「にて」用於書寫體，口語多用「で」。

ね（ねえ）的用法與例句

49

表示「感嘆、感動」

例句

1. よく 出来(でき)ましたね。
（做得不錯呀！）

2. 今日(きょう)は　暑(あつ)いですね。
（今天真是熱呀！）

3. いい 天気(てんき)だね、蒲団(ふとん)を　干(ほ)しましょう。
（天氣真是好，曬棉被吧！）

表示「引起對方的注意」

例句

1. それはね、僕(ぼく)の 鍵(かぎ)だよ。
（那是、我的鑰匙哦！）

2. 実(じつ)はね、困(こま)ったのよ。
（事實上啊！真頭痛哩！）

3. しかしね、君(きみ)の やり方(かた)は　間違(まちが)いだよ。
（但是啊，你的做法是錯誤的哦！）

4. あのね、最近(さいきん)、また　物価(ぶっか)が　上(あ)がったわ。
（對了！最近物價又上漲了呢！）

表示「請求、拜託對方」

例句

1. 決(けっ)して　忘(わす)れないでね。
（可千萬別忘記哦！）

2. 文句(もんく)を　言(い)わないで下(くだ)さいね。

（請不要抱怨呀！）

49

對事情內容「要求確認」或「徵求對方同意」

例句

1. あなたは　山中(やまなか)さんですね。

（你是山中先生，對吧！）

2. 演奏会(えんそうかい)は　七時から　始(はじ)まるんだね。

（演奏會是七點開始吧！）

3. 君(きみ)も　同意(どうい)するね。

（你也同意，是吧！）

表示「疑問」或「詢問」

例句

1. 林(りん)さんは　昨日　事務所(じむしょ)へ　来(こ)なかったのね。

（林先生昨天沒來辦公室嗎？）

2. 家(うち)から　駅(えき)まで　どのぐらい　かかりますかね。

（從家裏到車站，大約需要多少時間呢？）

3. どうだね、あるかい。

（怎麼樣，有嗎？）

ね

の的用法與例句

50

表示「所屬性質、特徵」

實例

1. 私の家（うち）。
（我的家。）

2. 妹（いもうと）の友人（ゆうじん）。
（妹妹的朋友。）

3. 日本語（にほんご）の本（ほん）。
（日文書。）

4. 国語（こくご）の先生（せんせい）。
（國語老師。）

5. 電車（でんしゃ）の事故（じこ）
（電車事故。）

6. 黄昏時（たそがれどき）の散歩（さんぽ）。
（黃昏時的散步。）

7. 異国（いこく）の空（そら）。
（異國的天空。）

8. 茶色（ちゃいろ）の犬（いぬ）。
（棕色的狗。）

9. 雲（くも）の下（した）。
（雲的下面。）

10. 恋人（こいびと）からの手紙（てがみ）。
（情人寫來的信。）

50

11.学校(がっこう)への 道路(どうろ)。

（通往學校的路。）

12.日本(にほん)での 生活(せいかつ)。

（在日本的生活。）

表示「同位格」，指「の」前後的名詞為「同一事物」

實例

1.記者(きしゃ)の 大森(おおもり)。

（記者大森。）

2.同僚(どうりょう)の 伊藤(いとう)さん。

（同事伊藤先生。）

注意

1. 此項用法也可以兩個名詞並列方式來表達。例如：

   作家(さっか)　川端康成(かわばたやすなり)

2. 此項用法可以「である」來代換「の」。例如：

   課長(かちょう)の中村(なかむら)→「課長(かちょう)である中村(なかむら)」

代替「名詞」，如人、事、物…

例句

1.教室(きょうしつ)に　いるのは　誰(だれ)ですか。（「の」代替人）

（在教室裏的是誰？）

2.漢字(かんじ)を　書(か)くのが　難(むずか)しいです。（「の」代替事）

（寫漢字是困難的。）

3.一番(いちばん)　高(たか)いのは　富士山(ふじさん)です。（「の」代替山）

（最高的是富士山）

4.私の 好(す)きなのは　これです。（「の」代替物）

（我喜歡的是這個。）

代替「修飾句」的「が」

50

例句

1. 英語の できる 人は　彼女です。

（會英文的人是她。）

2. 景色の 美しい 所は　そこです。

（那個地方景色很美。）

3. 私の 嫌いな 昆虫 は　蜂です

（我所討厭的昆蟲是蜜蜂。）

表示「並列兩件相關的事情」

例句

1. 強震が 来るの 来ないのと　皆で　予想している。

（大家都在猜想，強烈地震會來還是不會來。）

2. 彼は 食事が まずいの、果物がないのと 不平を 言う。

（他抱怨東西不好吃，也沒有水果的。）

表示「加強語氣」

例句

1. あの 人は　もう　引越したのです。

（那個人已經搬家了。）

2. 私は　目が　悪いのです。

（我眼睛不好。）

3. その蟹は　新鮮なのです。

（那螃蟹是新鮮的。）

注意

在會話中，此項用法的「の」可轉音為「ん」，例如：

1. 私は　牛肉を　食べないんです。

（我不吃牛肉。）

の

5

2. 数学が　苦手なんです。

（數學不擅長。）

表示「疑問」，出現在「句尾」

例句

1. どこへ　行くの？

（要去哪裏？）

2. 寿司、食べないの？

（不吃壽司嗎？）

表示命令

例句

1. 早速　返事するの。

（快點回覆！）

2. 電車が　来たよ。乗るの、乗るの。

（電車來了，上車！上車！）

ので的用法與例句

表示「原因」

例句

1. 日曜日(にちようび)なので、通勤電車(つうきんでんしゃ)が　空(す)いている。

（因為是禮拜天，通勤電車空空的。）

2. 雨(あめ)が　降(ふ)ったので、遠足(えんそく)を　中止(ちゅうし)しました。

（由於下了雨，遠足中止了。）

3. 風(かぜ)が　強(つよ)いので、埃(ほこり)が　ひどい。

（因為風大的關係，灰塵很厲害。）

4. 図書室(としょしつ)が　静(しず)かなので、勉強(べんきょう)が　できます。

（因為圖書室安靜，所以可以用功唸書。）

のに 的用法與例句

52

表示「前後句出現違反常理的現象」（雖然…但是）

例句

1. 手(て)の 骨(ほね)を　折(お)ったのに、出勤(しゅっきん)しました。
（雖然手骨折了，但卻還是去上班了。）

2. この 荷物(にもつ)は　軽(かる)いのに、持(も)ち上(あ)げる ことが　できない。
（這行李雖然輕，卻無法舉起來。）

3. 交通(こうつう)が　不便(ふべん)なのに、人口(じんこう)が　多(おお)い。
（雖然交通不方便，人口卻很多。）

表示「不滿、悔恨的心情」

例句

1. 早(はや)く　来(く)れば　いいのに…
（早知道早點來就好了…）

2. よせば　いいのに…
（早知道就不幹了…）

のみ 的用法與例句

53

指範圍上的「限定」（＝だけ）

例句

1. 静かで、蟬の声のみ　聞こえます。
   （由於靜悄悄地，只聽得見蟬聲。）
2. 教育の目的は教師が　学生に知識を与えることのみではない。
   （教育的目的，不只是教師傳授知識給學生而已。）

以「のみならず」形式來表示（不但…而且…）之意

例句

1. この髪型なら、和服のみならず、洋服の時にも大丈夫です。
   （這個髮型的話，不只和服，洋裝時也沒關係。）
2. 人権運動は　先進国のみならず、開発途上国にも影響を　及ぼした。
   （人權運動不只是先進國家，而且開發中國家也影響到了。）

注意

「のみならず」＝「ばかりでなく」

は的用法與例句

54

は

表示「強調述語的內容」

例句

1. あの 人は　医者(いしゃ)です。
（那個人是位醫生。）

2. 母(はは)は　毎日(まいにち)　九時(くじ)に　寝(ね)て、五時(ごじ)に　起床(きしょう)します。
（母親每天都是九點鐘睡覺、五點鐘起床。）

3. この 応接間(おうせつま)は　明(あか)るくて、涼(すず)しい。
（這客廳既明亮，又涼爽。）

「述語」為「疑問句型態」時，「主語」後面就必須接「は」

例句

1. 彼(かれ)は　誰(だれ)ですか。
（他是誰？）

2. あなたは　どこに　勤(つと)めていますか。
（你在哪裏上班呢？）

3. 道(みち)は　険(けわ)しいですか。
（道路險峻嗎？）

表示「加強語氣」，即「強調後面的句子」

例句

1. ここには　何(なに)も　ありません。
（這裏什麼都沒有。）

2. 今日(きょう)は　寒(さむ)くはないです。
（今天並不冷。）

注意

「は」的用法特徵為→強調「は」後面的句子。

ば 的用法與例句

55

表示「假設」

例句

1. 話せば、分かります。
（說得話，就會明白。）
2. 天気が　良ければ、海へ　行きます。
（天氣好的話，就去海邊。）
3. 嫌ならば、来なくても　いい。
（討厭的話，不來也沒有關係。）

表示「前句的條件導致後句必然的結果」

例句

1. 春に　なれば、花が　咲く。
（春天來到，花就會開。）
2. 風が　吹けば、波が　立ちます。
（風吹就會起波浪。）
3. 年を　取れば、体力も　弱って来る。
（上了年紀，體力也變虛弱。）

注意

此項用法和「と」的用法「表示前句的條件導致後句必然的結果」相同。

表示「兩種條件的並列」

55

例句

1. 地震(じしん)も　起(お)きればば、津波(つなみ)も　発生(はっせい)した。

（既發生地震，又起了海嘯。）

2. 彼(かれ)は　頭(あたま)も　悪(わる)ければ、性質(せいしつ)も　乱暴(らんぼう)だ。

（他腦筋不好，個性也粗暴。）

以「動 5＋ば、動 4＋ほど」或「形 5＋ば、形 4＋ほど」的句型表示（越…越…）

例句

1. 思(おも)えば、思(おも)うほど、腹(はら)が　立(た)つ。

（越想越生氣。）

2. 魚(さかな)は　新(あたら)しければ、新(あたら)しいほど　美味(おい)しい。

（魚越新鮮就越好吃。）

注意

「動 5」＝動詞第5變化（假定形）

「動 4」＝動詞第4變化（連體形）

「形 5」＝形容詞第5變化（假定形）

「形 4」＝形容詞第4變化（連體形）

以上的變化，請參考「致本書的學習者」。

ばかり（ばっかり、ばかし、ばっかし）的用法與例句

56

表示「約略的數量或程度」

例句

1. 五百円ばかり　借りました。
（借了500圓左右。）

2. エレベーターに　十人ばかり　入っている。
（電梯裏大約有十人左右。）

3. この 仕事は　六時間ばかり　かかります。
（這件工作大約需要六個鐘頭。）

4. そればかり の ことで、殴り合った。
（大約是因為那樣的事而互毆起來。）

5. こればかりの 金では　何も　買えません。
（這些錢的話，什麼都沒辦法買。）

表示「限定的內容」（光是…）

例句

1. あの 子は　毎日　遊んでばかりいる。
（那孩子每天只是遊手好閒。）

2. 値段が　高いばかりで、品質が　悪い。
（光是價錢貴，品質卻不好。）

3. 彼女は　奇麗なばかりで　何も できない。
（她光是長得美麗，卻什麼都不會。）

以「ばかりでなく」或「ばかりか」形式表示（不光是…）

例句

1. 都市交通が 悪く なって きたばかりでなく、生活環境も 悪化して きた。
（城市裏，不只是交通逐漸變壞，生活環境也惡化起來了。）
2. レストランは 食事するばかりでなく、人と 談笑 する 役割も している。
（餐館不只是吃飯的地方，也扮演著與人談笑的好地方。）
3. あの 人は バレーばかりか、バスケットも 出来ない。
（那人不光是排球，籃球也不會打。）

表示「動作剛完成」（～た（た形）＋ばかり）

例句

1. 生まれた ばかりの 赤ん坊。
（剛出生不久的嬰兒。）
2. この 自動車は 先週 検査した ばかりです。
（這輛車，上個禮拜才剛檢查過。）
3. 学校を 出た ばかりで、経験は 未だ 浅い。
（剛從學校畢業，經驗尚淺。）

表示「某動作正要發生」

例句

1. 船は 一人の お客を 待って、出航するばかりに なって いる。
（船正等著一個客人，就能開航。）
2. 旅行の 用意が 出来て、もう いつでも 出発するばかりに なって います。
（旅行的準備工作已經完成，隨時都準備出發。）

3. 雪(ゆき)が　降(ふ)り出(だ)さんばかりに　なって いる。

56

（就要下雪。）

以「…ばかりに」句型表示「原因」（只因）

例句

1. 努力(どりょく)しなかったばかりに　落第(らくだい)した。
（只因沒有努力，所以名落孫山。）

2. 金(かね)が　ないばかりに　家(いえ)が　買(か)えなかった。
（只因為沒錢，所以沒辦法買房子。）

3. 当選(とうせん)したいばかりに、賄賂(わいろ)を　使(つか)った。
（只因為了當選，而賄賂。）

的用法與例句

57

へ

表示「動作的方向、目標、到達點」

例句

1. 鷹(たか)は　山(やま)の 方(ほう)へ　飛(と)んで行(い)く。
（老鷹飛向山去。）

2. 右(みぎ)へ　曲(ま)がる。
（右轉。）

3. 高気圧(こうきあつ)が　北(きた)へ　進(すす)む。
（高氣壓往北推進。）

4. 蛙(かえる)は　池(いけ)の 中(なか)へ　飛(と)び込(こ)みました。
（青蛙跳進池塘裏了。）

5. 空港(くうこう)へ　到着(とうちゃく)した。
（到達飛機場了。）

指「動作的對象」

例句

1. 国(くに)へ　電報(でんぽう)を　打(う)った。
（打電報回國。）

2. これは　母(はは)への　贈(おく)り物(もの)です。
（這是送給媽媽的禮物。）

注意

1. 以上的用法可與「に」互換，但是表達重點不同：
「へ」→強調動作的方向和過程
「に」→強調動作的到達點說明

2. 「指動作的對象」中的「へ」不可代換成「に」。
（×）これは　母(はは)にの 贈(おく)り物(もの)です。

ほど 的用法與例句

58

前接「數量詞」，表示「大約的數量或程度」

例句

1. 日照(ひで)りが　二(に)か月(げつ)ほど　続(つづ)いている。
（日照大約持續了兩個月左右。）

2. 流感(りゅうかん)で、十日(とおか)ほど　欠席(けっせき)したのです。
（因為流行性感冒，缺席了十天左右。）

3. 彼(かれ)は　かつて　これほどの お金(かね)を 持(も)った ことは ない。
（他從來沒有擁有過這麼多錢。）

表示「程度」

例句

1. 先週、死(し)ぬほど　疲(つか)れて いた。
（上個禮拜，累得快死掉了。）

2. 屋根(やね)が　壊(こわ)れるほど、雪(ゆき)が　降(ふ)りました。
（雪下得屋頂都要塌壞了。）

3. 彼女(かのじょ)は　口(くち)で 言(い)えないほど　美(うつく)しい。
（她美得不能用語言來形容。）

4. 風(かぜ)は　痛(いた)いほど　冷(つめ)たかった。
（風冷得令人覺得刺痛。）

注意

此項用法與「くらい」的用法「表示程度」相通。

58

表示「程度的比較」，後面常接「否定句」

例句

1. 我(わ)が家(や)ほど　落(お)ち着(つ)く　所(ところ)は　ない。
　（再也沒有像我家這麼安定的地方。）
2. 今年(ことし)の 冬(ふゆ)は　去年(きょねん)ほど　寒(さむ)くない。
　（今年冬天沒有去年那麼冷。）

ほど

以「…ば…ほど」句型出現，表示「程度」

例句

1. 考(かんが)えれば　考(かんが)えるほど　複雑(ふくざつ)で　分(わ)からなく なる。
　（越想越複雜難懂。）
2. 大(おお)きければ　大(おお)きいほど　結構(けっこう)ですよ。
　（越大越好哦！）

注意

此項用法同「ば的用法與例句」的最後一項，請參照。

まで的用法與例句

59

表示「界限」

例句

1. 銀行は　九時から　三時半までです。
（銀行從九點開到三點半。）

2. 地球から　太陽までの距離は　遠い。
（地球到太陽的距離是遠的。）

3. 松明の火が　頂上まで　続いています。
（火把的火一直持續到山頂。）

4. 心まで　凍り切る。
（凍澈心頭。）

注意

「まで」與「までに」的差別：

「まで」指「某動作的界限」，例如：

十二時まで　寝る

（睡到十二點）

如圖：

←　12時まで　→

12：00

「までに」指「某動作在某一時間之前發生」，例如：

十二時までに　寝る

（十二點前就寢）

如圖：

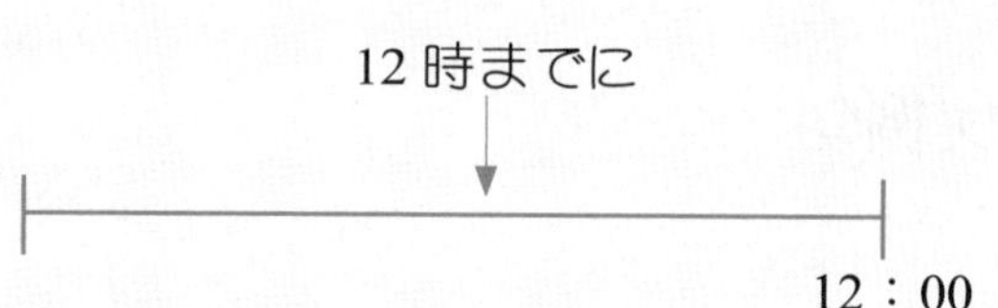

表示「程度或限度」

例句

1. 高(たか)ければ　買(か)わないまでの ことだ。
（貴的話，頂多就是不買了。）

2. 念(ねん)の ために　尋(たず)ねて みたまでです。
（只為了慎重起見，問問看而已。）

3. とりあえず　御挨拶(ごあいさつ)まで。
（短短幾句，謹表問候。）

指事態到「極端的狀態」（甚至…）

例句

1. 生活(せいかつ)が　苦(くる)しいので、死(し)んでも　いいとまで　考(かんが)えて いる。
（因為生活困苦，甚至想死了算了。）

2. 大雪(おおゆき)で　下着(したぎ)まで　濡(ぬ)れて いる。
（因為大雪，甚至連內衣都濕了。）

3. 店(みせ)が　大変(たいへん)　忙(いそが)しいから　子供(こども)まで　手伝(てつだ)って いる。
（因為店極為忙碌，甚至連小孩子都在幫忙。）

4. あの 子(こ)は　親(おや)にまで　見放(みはな)された。
（那孩子甚至連他的父母，都撒手不管了。）

も 的用法與例句

60

表示「同類事物」

例句

1. 今日(きょう)も　晴(は)れです。
（今天也是晴天。）

2. 私は　ピンポンも　します。
（我乒乓球也打。）

表示「同類事物的並列」

例句

1. 野(の)にも　山(やま)にも　花(はな)が　咲(さ)いて いる。
（原野裏，山裏都開著花。）

2. あの 女(おんな)の 子(こ)は　泣(な)きも　笑(わら)いも　しませんでした。
（那個女孩子不哭也不笑。）

3. 嬉(うれ)しくも　悲(かな)しくも　ありません。
（不喜也不悲。）

表示「加強語氣」

例句

1. 猿(さる)も　木(き)から　落(お)ちる。
（猴子也會從樹掉下來——智者千慮，必有一失。）

2. 咳(せき)が　ひどくて　声(こえ)も　出(で)ない。
（由於咳嗽嚴重，連聲音都沒了。）

3. あの 家(いえ)は　一億円(いちおくえん)も　しました。
（那間房子，甚至花了一億圓之多。）

4. 雨は　二週間も　降り続いて、ようやく　止んだ。

60

（雨甚至連續下了兩星期，終於停了。）

5. 高くても　十万円以上は　しない。

（再怎麼貴，也不要花十萬圓以上。）

6. その工事は　一年も　あれば　仕上がります。

（那件工程，只要一年就可完成。）

前接「疑問詞或少量數量詞」表示「全面否定」（後接否定句）

例句

1. 吐き気が　するから、何も　食べたくない。

（因為覺得想吐，所以什麼都不想吃。）

2. 時間は　一秒も　人を　待たない。

（時間是連一秒鐘也不等人的。）

3. 彼には　一度も　会ったことが　ない。

（從來沒有見過他。）

4. スキーは　少しも　できません。

（滑雪一點也不會。）

前接「疑問詞」，表示「全面肯定或強調語氣」（後接肯定句）

例句

1. どの電車も　満員です。

（每一台電車都客滿。）

2. ここへは　何度も　来ました。

（來過這裏好幾次了。）

3. こんなオレンジは　いくつも　食べた。

（這樣的柳橙吃了好幾個了。）

もの（もん）的用法與例句

61

表示「撒嬌或表達心中不滿的原因」

例句

1.A：どうして　出(で)ないの？
（為什麼不出來呢？）

B：だって　外(そと)は　暑(あつ)いんだもの。
（可是外面很熱呀！）

2.A：どうして　食(た)べないの。
（為什麼不吃呢？）

B：だって　お腹(なか)が　痛(いた)いんだもの。
（可是我肚子痛啊！）

注意

1. 一般多為「女性」或「小孩」使用。
2. 此項用法常以「だって……もの（もん）」句型出現。

ものか（もんか）的用法與例句

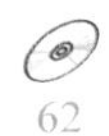
62

表示「強烈語氣的反話」

例句

1. 彼（かれ）が 宣教師（せんきょうし）なものか。
（他怎麼會是傳教士呢？）

2. あんな 馬鹿（ばか）な やつなんか、何（なん）にも 教（おし）えて やるもんか。
（我可不願教那類笨蛋什麼的！）

3. あいつには 負（ま）けるもんか。
（笑話，我會輸給那傢伙嗎？）

4. 恐（こわ）いものか。
（我怎麼會怕呢？）

注意

「もんか」是比較口語的說法。

もので（もんで）的用法與例句

63

表示「原因」

例句

1. 子供（こども）が　いるもので、出費（しゅっぴ）が　多（おお）い。
（因為有小孩子，開支很多。）

2. 都合（つごう）が　悪（わる）かったもので、せっかくの パーティーに出席（しゅっせき）できなかった。
（因為時間不方便，無法參加特意安排的宴會。）

注意

「もんで」是比較口語的說法。

ものなら 的用法與例句

64

對不可能實現的事情的「假設」

例句

1. 木星(もくせい)へ　行(い)けるものなら、行(い)って みたい。
（如果能夠去木星的話，想去看看。）

2. 鳥(とり)のように　空(そら)を　飛(と)べるものなら、飛(と)んで みたい。
（如果能像鳥在天空飛翔的話，真想飛飛看。）

表示對某種行為會「造成不好結果的假設」

例句

1. こんな 雪(ゆき)の 中(なか)を　山(やま)へ　登(のぼ)ろうものなら、遭難(そうなん)するよ。
（在這種下雪天裏去登山的話，會遇難哦！）

2. 嘘(うそ)を　つこうものなら、ただでは おかない。
（如果說謊的話，我可不饒你。）

注意

多以「意向形：（よ）う＋ものなら」型態出現。

ものの 的用法與例句

65

表示「前後句出現違反常理的現象」（雖然…但是…）

例句

1. 勉強（べんきょう）は　したものの、成績（せいせき）は　やっぱり　悪（わる）かった。
（雖然用功讀書了，但是成績依然不好。）

2. 引（ひ）き受（う）けは したものの、どう すれば いいのか 分（わ）からない。
（雖然接受了，但是不知道該怎麼做好。）

3. 学校（がっこう）は　出（で）たものの，勤（つと）め先（さき）は　無（な）い。
（雖然是從學校畢業了，但是工作還沒著落。）

ものを 的用法與例句

66

表示「不滿或悔恨的心情」

例句

1. 早く（はや）　行けば（い）　いいものを…
（如果早點去就好了，可是…）

2. あの 時（とき）　お金（かね）さえ　あったら、ダイヤモンドを
買って（か） いたものを…
（如果當時有錢，就買鑽石了，可是…）

3. やれば　できるものを、やらなかった。
（如果做就好了，可是偏卻不做。）

注意

此項用法與「のに」類似。

や的用法與例句

表示「同類事物的並列」

例句

1. 牛(うし)や　羊(ひつじ)を　飼(か)う。
（飼養牛羊等。）

2. 八百屋(やおや)で　人参(にんじん)や　大根(だいこん)や キャベツなどを　買(か)った。
（在蔬菜店買了胡蘿蔔、白蘿蔔和包心菜等。）

表示「一個動作完成後，立刻發生下一個動作」（剛一…就…）

例句

1. 電話(でんわ)が　鳴(な)るや、彼(かれ)は　飛(と)び起(お)きた。
（電話鈴聲一響，他馬上跳了起來。）

2. 地震(じしん)が　起(お)こるや いなや、家(いえ)が　倒(たお)れ始(はじ)めた。
（地震一發生，房子就開始倒了。）

3. バスが　止(と)まるや いなや、乗客(じょうきゃく)が　入口(いりぐち)に　殺到(さっとう)した。
（巴士剛一停，乘客就一起擠到了入口。）

表示「上輩對下輩的呼叫」

例句

1. 次郎(じろう)や、ちょっと　おいで。
（次郎啊！過來一下！）

2. 好子(よしこ)ちゃんや、お祖母(ばあ)さんの 眼鏡(めがね)を　取(と)ってよ。
（好子！把奶奶的眼鏡拿來！）

67

前接「副詞」，表示「加強語氣」

例句

1. もしや　大学入試（だいがくにゅうし）に　失敗（しっぱい）したら、どう しましょう。
（如果呀！大學聯考失敗了，怎麼辦！）

2. 今（いま）や、将来（しょうらい）の ことを　考（かんが）えるべきだ。
（現在呀！應該想想將來的事情。）

や

表示「催促對方」

例句

1. もう　帰（かえ）ろうや。
（回家了！）

2. 早（はや）く　行（い）けや。
（快去！）

用於「自言自語」或「表達無奈的心情時」

例句

1. まあ、いいや。
（啊！算了！）

2. しょうが　ないや、やめよう。
（沒辦法呀！不做了。）

的用法與例句

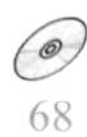

前接「疑問詞」表示「不確定」

例句

1. 彼は どこやらで、ラブソングを 歌って いるらしい。
（他不知正在哪裏唱情歌。）

2. 誰やらから　噂を　聞いたらしい。
（不知是從誰那裏，聽到傳聞的樣子。）

3. 何やら　飲み物は　ないか。
（有沒有什麼飲料？）

表示「例舉」

例句

1. 彼女は　花道やら　茶道やら 趣味が　広い。
（她的興趣很廣，有花道、茶道等等。）

2. 泣くやら　騒ぐやら　大変でした。
（哭哭鬧鬧的，真是累。）

3. 嬉しいやら　悲しいやら、話が　出て来ません。
（悲喜交集，說不出話來。）

以「…とやら…」的句型出現，表示「不確定的事態」

例句

1. 林さんとやら、お元気ですか。
（有個叫什麼林先生的，還好嗎？）

2. 彼は　ホンコンとやらに　転勤したそうです。
（聽說他調職到香港之類的地方了。）

68

並列「兩件相反的事例」，以「…のやら…のやら」的句型出現，表示「不能確定哪一方」

例句

1. あの人(ひと)は　男(おとこ)なのやら、女(おんな)なのやら、区別(くべつ)がつかない。
（那人是男是女，分辨不出來。）

2. 彼(かれ)は　希望(きぼう)が　あるのやら　ないのやら　さっぱり　分(わ)からない。
（他到底有沒有希望，一點都不清楚。）

3. ここの　物価(ぶっか)が　高(たか)いのやら　安(やす)いのやら　はっきり　しない。
（這裏的物價是高是低不明確。）

よ 的用法與例句

69

表示「強調自己的見解、主張並提醒對方注意」

例句

1. 僕(ぼく)も　行(い)くよ。
（我也要去哦！）

2. そんな こと、知(し)らないよ。
（那種事情，我可不知道哦！）

3. 彼(かれ)の 家(うち)は　狭(せま)いよ。
（他家很窄哦！）

4. 今年(ことし)の 桜(さくら)の 花(はな)は　奇麗(きれい)だよ。
（今年的櫻花很漂亮哦！）

表示「責備語氣」

例句

1. どう したのよ。
（怎麼了！）

2. 何(なに)を　言(い)って いるのよ。
（你在說什麼呀！）

3. 何(なに)よ、この 男(おとこ)は。
（什麼東西呀！這個男人！）

表示「催促、勸誘」

例句

1. 電車(でんしゃ)が　来(き)ますよ、急(いそ)ぎましょうよ。
（電車來了，快點呀！）

69

2. 注射(ちゅうしゃ)しようよ。
（打針吧！）

表示「命令或請求語氣」

例句

1. 速(はや)く　歩(ある)けよ。
（走快點！）

2. ここへ　来(き)なさいよ。
（到這裏來！）

3. ちょっと　待(ま)ってよ。
（稍等一下！）

用於「呼喚」時

例句

1. 少年(しょうねん)よ、大志(たいし)を　抱(いだ)け。
（少年啊！要胸懷大志！）

2. 春(はる)よ、早(はや)く　来(こ)い。
（春天啊！快些來！）

3. 雨(あめ)よ、降(ふ)れ　降(ふ)れ。
（雨呀！下吧！下吧！）

より的用法與例句

70

表示「動作的起點」

例句

1. デパートは　午前 十一時より　開店します。
（百貨公司，早上十一點開門營業。）

2. 学校より　歩いて　帰宅した。
（從學校走路回家了。）

3. この 山より　東側が　動物園に なる。
（這座山的東邊是動物園。）

4. 祖父は　戦争より　以前の ことは　よく 了解している。
（祖父對戰爭以前的事情十分了解。）

注意

此項用法的「より」比「から」的用法還要正式，常見於書寫體中。

表示「比較的基準」

例句

1. インドは　日本より　大きい。
（印度比日本大。）

2. 兎 より　亀の 方が　遅い。
（烏龜比兔子行動遲緩。）

3. 何より　核爆発が　一番　恐ろしい。
（核子爆炸是比什麼都還要恐怖的。）

4. どこよりも　自分(じぶん)の 故郷(こきょう)が　懐(なつ)かしい。  70

（再也沒有比故鄉更令人懷念的。）

5. 彼(かれ)は　企業家(きぎょうか)と いうより　政治家(せいじか)だ。

（與其說他是企業家，不如說是政治家。）

表示「限定」，後接「否定句」（除了…沒有其他）

例句

1. この 道(みち)より　ほかに　帰(かえ)る道(みち)は　ない。

（除了這條路之外，沒有其他回家的路。）

2. 医者(いしゃ)は　手術(しゅじゅつ)より　ほかに　方法(ほうほう)が　ないと 言(い)った。

（醫生說：除了手術之外，沒有其他方法。）

わ的用法與例句

71

表示「柔和的斷定、主張語氣」

例句

1. あら、雨(あめ)だわ。
（哎呀！下雨了！）

2. この アニメ、見(み)た ことが　あるわ。
（這部卡通，有看過。）

3. 田中(たなか)さんって、やさしいわ。
（田中先生人真和善。）

4. いやだわ、あんな 所(ところ)へ　行(い)くなんて。
（討厭呀！去那種地方。）

以「…わよ」的形式，向對方「強調自己的主張或想法」

例句

1. 明日の 会合(かいごう)ね、私も　参加(さんか)するわよ。
（明天的會議，我也會參加哦！）

2. それは　スーパーに 行(い)ったら、きっと　あるわよ。
（那東西去超市一定有賣。）

以「…わね」的形式，表示「徵求對方同意或確認某件事」

例句

1. 仕事(しごと)が　成功(せいこう)して、良(よ)かったわね。
（工作成功，真是太好了，不是嗎？）

2. 今年(ことし)の 夏(なつ)は　とても　暑(あつ)いわね。
（今年的夏天真是熱呀！）

3. 彼(かれ)の 才能(さいのう)は　素晴(すば)らしいわね。　71

（他真是才華洋溢，不是嗎？）

使用「重覆語彙」表示「感動或驚訝」

例句

1. 泣(な)くわ、泣(な)くわ、あの 子(こ)は　うるさいよ。

（哭、哭，那孩子真是煩人！）

2. さすが　金持(かねも)ちの 家(いえ)だね、広(ひろ)いわ、広(ひろ)いわ。

（真不愧是有錢人家的房子，好寬、好寬哦！）

3. 彼(かれ)の 下宿(げしゅく)は　荷物(にもつ)が　多(おお)いわ、多(おお)いわ。

（他住的地方行李真是好多、好多哦！）

注意

「わ」的用法常見於女性。

わ

を的用法與例句

72

表示「動作的對象或目的物」，後接「他動詞」，類似中文的「把」之意

例句

1. 味噌汁（みそしる）を　飲（の）む。
（喝味噌湯。）

2. 新聞（しんぶん）を　読（よ）む。
（看報。）

3. 絵本（えほん）を　見（み）る。
（看畫冊。）

4. 辞書（じしょ）を　備（そな）える。
（準備辭典。）

5. 野鳥（やちょう）の生態（せいたい）を　撮影（さつえい）する。
（拍攝野鳥的生態。）

注意

此項用法的「を」在同一句子裏不出現兩次以上，例如：
（×）日本語（にほんご）を勉強（べんきょう）をする。

表示「移動的場所」，後接「具移動性質的自動詞」，如圖所示：

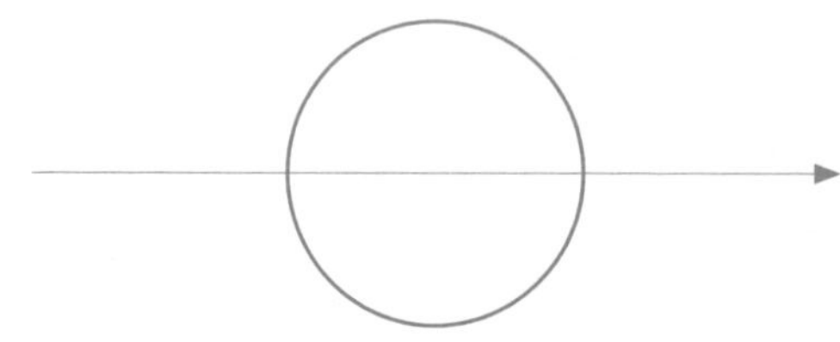

例句

72

1. 道(みち)を　横切(よこぎ)る。

（橫越馬路。）

2. 鹿(しか)が　野原(のはら)を　走(はし)りました。

（鹿跑過原野。）

3. 舟(ふね)が　海峡(かいきょう)を　通(とお)る。

（船通過海峽。）

4. 夏休(なつやす)みに　韓国(かんこく)を　旅行(りょこう)する。

（暑假時，去韓國旅行。）

5. 台湾(たいわん)では　二十度(にじゅうど)を　越(こ)える日(ひ)は　多(おお)い。

（在台灣超過二十度的日子很多。）

6. 彼(かれ)は　一生(いっしょう)を　楽(たの)しく　過(すご)した。

（他一生過得快樂。）

注意

此類移動性動詞常見的尚有：歩(ある)く（走路）　渡(わた)る（渡過）
飛(と)ぶ（飛）　散歩(さんぽ)する（散步）　曲(ま)がる（轉彎）　登(のぼ)る（登上）
経(へ)る（經過）　流(なが)れる（流）　這(は)う（爬）　回(まわ)る（旋轉）

表示「動作的起點」，後接「具脫離性質的自動詞」，如圖所示：

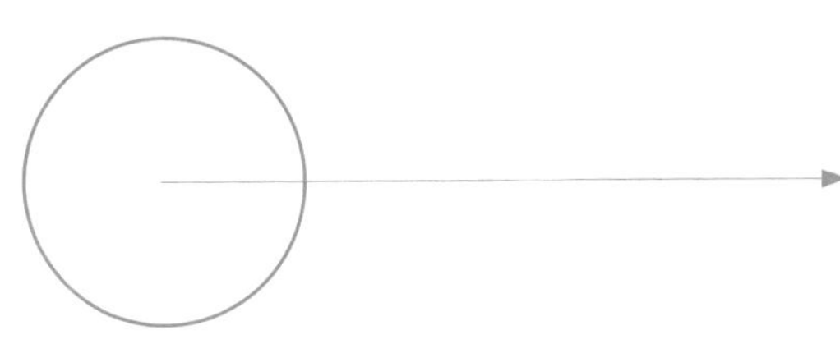

例句

72

1. 電車を　降りる。
（下電車。）

2. 家を　出る。
（出家門。）

3. 故郷を　離れる。
（離開故鄉。）

4. 大学を　卒業する。
（大學畢業。）

5. 監獄を　脱走する。
（越獄。）

注意

1. 此類具脫離性質的自動詞常見的尚有：発つ（出發）
去る（離開）　出発する（出發）　脱退する（退出）
離脱する（脫離）

2. 「を」與「から」同樣有表示動作起點之意，但其差別如下：
「を」：重點在動作起點的移動，例如：
「家を　出る」→重點在「離開」
「から」：重點在動作起點的場所，例如：
「家から　出る」→重點在「從家這個場所」

表示「使役的對象」，後接「自動詞」（使、讓、命令）

例句

1. 先生は　学生を　教室に　来させました。
（老師叫學生到教室來。）

2. その物語(ものがたり)は　人々(ひとびと)を　感動(かんどう)させた。

72

（那故事讓很多人感動。）

注意

他動詞的使役對象要用「に」，例如：

母(はは)は　子供(こども)に　牛乳(ぎゅうにゅう)を　飲(の)ませる。

（母親餵小孩喝牛奶。）

新日本語能力試験
総合対策問題

N5 → N1

第 1 回

＿＿の中に適当な助詞を入れなさい。

1. 朝、起き＿＿、顔＿＿　洗う。

2. それは　コンピューター＿＿　本です。

3. 東京は　人＿＿　多い。

4. 毎日　公園＿＿　散歩します。

5. 自転車＿＿　寮＿＿　帰ります。

6. 一人＿＿　タイへ　行きました。

7. 部屋に　誰＿＿　いませんでした。

8. 名古屋＿＿　広島＿＿　飛行機＿＿　どのぐらいかかりますか。

9. アメリカは　日本＿＿　大きい。

10. 友達＿＿　プレゼント＿＿　もらいました。

＿＿の中に適当な助詞を入れなさい。

1. 私は　スペイン語＿＿　分かります。

2. おじさんは　ダンス＿＿　うまい。

3. 忙しい＿＿どこへも　行きません。

4. 一年＿＿　冬＿＿　一番　嫌いです。

5. この　荷物は　船便＿＿　いくらですか。

6. 1週間＿＿　2回、彼女に　電話＿＿　掛けます。

7. お茶＿＿　ジュース＿＿、どちら＿＿　いい？

8. ドイツへ　物理の　勉強＿＿　行きました。

9. 家は　静かです＿＿、駅から　遠いです。

10. 椅子の　下＿＿　犬＿＿　います。

＿＿＿の中に適当な助詞を入れなさい。

1. 彼は　できる＿＿＿、お金を　貯める。

2. 駅＿＿＿　彼＿＿＿　会いました。

3. 神戸＿＿＿　何を　し＿＿＿　来ましたか。

4. 床屋＿＿＿　八百屋＿＿＿　間＿＿＿　パン屋が　ある。

5. 先輩＿＿＿　小説＿＿＿　借りました。

6. 今朝、何＿＿＿　食べませんでした。

7. たばこは　体＿＿＿　良くない。

8. 沖縄＿＿＿　住んで　います。

9. そこ＿＿＿　車を　止めます。

10. 横浜＿＿＿　電車＿＿＿　降ります。

______の中に適当な助詞を入れなさい。

1. 運転______できます。

2. 今朝、起きる______、すぐ　家______飛び出した。

3. 親戚の　うち______泊まります。

4. 信号______左______曲がって下さい。

5. 両親______迎え______行く。

6. ここ______座っ______いいですか。

7. スポーツは　体______いい。

8. もう　少し　大きい______は　ありませんか。

9. 何回______ブラジルへ　行った　こと______あります。

10. それ______触る______、水が　出ます。

第 5 回

＿＿＿の中に適当な助詞を入れなさい。

1. 一緒に　野球を　しません＿＿＿。

2. A：「木村さんです＿＿＿。」

 B：「はい、そうです。」

3. 部屋＿＿＿　入って、部長＿＿＿　いろいろ　話した。

4. 会社＿＿＿　辞（や）めて、何を　しますか。

5. 先生＿＿＿　書いた　絵は　どれですか。

6. 課長は　明日　出張する＿＿＿　言った。

7. 橋＿＿＿　渡る＿＿＿、交差点が　ある。

8. 彼女＿＿＿　来なかったら、どう　しますか。

9. 日本人は　よく　働く＿＿＿　思います。

10. 橋本先生＿＿＿　日本語＿＿＿　教えて　いただきました。

____の中に適当な助詞を入れなさい。

1. ドイツ語の　新聞____　読めます。

2. カードを　ここ____入れて、暗証(あんしょう)番号____
押します。

3. 忘れ物____　気が　ついた。

4. 窓____　山____　見えます。

5. この　スーパーには　何____　あります。

6. 熱____　あるし、咳(せき)____　出ます。

7. 夜　12時____　過(す)ぎたら、電話を　掛けません。

8. 野球の　試合____　出る。

9. 道が　分からないんです____、教えて　いただけません
____。

10. 名前____　知って　いますが、住所____　知りません。

第 7 回

＿＿＿の中に適当な助詞を入れなさい。

1. フランス語＿＿＿　話せます。
2. 壁＿＿＿　鏡＿＿＿　掛けて　あります。
3. 来年　福岡＿＿＿　転勤します。
4. 子供＿＿＿　生まれます。
5. 私の　夢は　いつ＿＿＿　自分の　店を　持つことです。
6. この　服は　紙＿＿＿　作られて　いる。
7. 私は　部長＿＿＿　仕事＿＿＿　頼まれました。
8. 彼女に　ここで　待って　いる＿＿＿　伝えて　下さい。
9. 花の　枝を　折(お)っ＿＿＿など　しないで　下さい。
10. この　漢字は　かきとめ＿＿＿　読みます。

＿＿の中に適当な助詞を入れなさい。

1. 大学＿＿　合格した。

2. なくしたかぎ＿＿　見付かりました。

3. 私は　娘＿＿　犬の　世話＿＿　させた。

4. 火事＿＿　家＿＿　焼けました。

5. 台風は　来る＿＿　どう＿＿　分からない。

6. 車を　修理する＿＿に　2週間＿＿　かかりました。

7. この　服は　軽くて、旅行＿＿　便利です。

8. 子供＿＿　外＿＿　遊ばせる。

9. お食事は　こちら＿＿　用意します。

10. もう　遅いから、帰り＿＿（さい）。

第 9 回

＿＿＿の中に適当な助詞を入れなさい。

1. 大学＿＿＿　通(かよ)って　います。
2. 電車＿＿＿　遅れて　しまいました。
3. 魚は　新しけれ＿＿＿、新しい＿＿＿　美味しい。
4. この　マークは　立入禁止＿＿＿　いう意味です。
5. この　服は　私＿＿＿　ぴったりです。
6. どこ＿＿＿で　財布＿＿＿落(お)として　しまった。
7. 男の　人は　結婚式＿＿＿　黒＿＿＿　紺(こん)の　スーツを　着て行く。
8. 飲み物は　何＿＿＿　しますか。
9. マラソンを　途中＿＿＿やめた。
10. 電車が　何時に　到着する＿＿＿　調べて　下さい。

第 10 回

＿＿＿の中に適当な助詞を入れなさい。

1. 泥棒＿＿＿　お金＿＿＿　とられました。
2. 近く＿＿＿　美術館＿＿＿　できました。
3. 事故＿＿＿　遭いました。
4. 孫＿＿＿　ピアノ＿＿＿　習わせる。
5. もし　暇だっ＿＿＿　遊びに　来て　下さい。
6. 食べたくなけれ＿＿＿、食べなくても　いい。
7. 危ない。機械に　触る＿＿＿。
8. その　シャツ、いいね。どこで　買った＿＿＿？
9. 大雨＿＿＿　ため、新幹線が　遅れて　いる。
10. 何＿＿＿　冷たい　ものが　飲みたいです。

第 11 回

＿＿＿の中に適当な助詞を入れなさい。

1. 用事＿＿＿　ある＿＿＿、お先に　失礼します。

2. A：「あのう、財布＿＿＿　落(お)ちました＿＿＿」

   B：「あっ、どうも」

3. 牛乳＿＿＿　バターを　つくります。

4. 交通事故＿＿＿　多くの　人＿＿＿　死ぬ。

5. どんな　こと＿＿＿　聞いて　下さい。

6. それは　何＿＿＿　いう　花ですか。

7. 遊んで＿＿＿　いて、ぜんぜん　勉強しませんでした。

8. そこ＿＿＿　「入り口」＿＿＿書いて　あります。

9. 毎年　3回＿＿＿　大きい　旅行＿＿＿　している。

10. この　おかしは、のりの　味＿＿＿　します。

第 12 回

＿＿＿の中に適当な助詞を入れなさい。

1.私の　意見は　ほかの　人の　意見＿＿＿　違う。

2.A：「英語の　講義＿＿＿　どうですか」

B：「そうですね。難しいです＿＿＿、面白いです。」

3.今朝　学校＿＿＿休んだ。地震で　電車が　止まった＿＿＿。

4.今日は　暑いです＿＿＿、昨日＿＿＿では　ありません。

5.友達から「明後日は　テスドだ」＿＿＿　聞いた。

6.失礼です＿＿＿、お手洗いは　どこですか。

7.A：「全部　捨てた？」

B：「いいえ、要らない　もの＿＿＿捨てました。」

8.この　狭い　教室に　客が　100人＿＿＿　来た。

9.その　バイオリンは　とても　いい　音＿＿＿　します。

10.先生＿＿＿　生徒に　本が　わたされました。

第 13 回

＿＿＿の中に適当な助詞を入れなさい。

1.夜、空港＿＿＿　着(つ)いた。

2.あの　国は　工業＿＿＿　盛んだ。

3.お金が　あれば、家が　買えるのだ＿＿＿……

4.テレビ＿＿＿　もう　少し　離(はな)れて　見なさい。

5.どちら＿＿＿　好きな　方を　とって　下さい。

6.おばあさんが　元気だ＿＿＿　いいんだけどね。

7.9時から　大切な　会議＿＿＿　行(おこな)われる。

8.中山さんが　歌っているの＿＿＿　聞こえます。

9.車は、買わない　こと＿＿＿　します。

10.私は　夜の　12時に　親友(しんゆう)＿＿＿　来られて、困ってしまった。

第 14 回

＿＿の中に適当な助詞を入れなさい。

1. 仕事＿＿　大阪に　行く　こと＿＿　なりました。
2. 私は　何＿＿　食べられる。
3. 空＿＿　鳥が　飛んで　いる＿＿が　見える。
4. 私は　鈴木＿＿申します。
5. 僕は　母＿＿泣かせる　ような　ことは　したくない。
6. 封筒＿＿　切手を　貼る。
7. 絵は　鉛筆＿＿　書いて　下さい。
8. やっと　韓国の　生活＿＿　慣（な）れました。
9. もっと　大きい　声＿＿　言って　下さい。
10. 誰＿＿　この　写真を　撮った＿＿　知って　いますか。

第 15 回

＿＿＿の中に適当な助詞を入れなさい。

1. 地震も　起きれ＿＿＿、津波も　発生した。
2. 台風が　来ると　いう＿＿＿、山へ　行く。
3. この　地下鉄は　自由が丘＿＿＿　通りますか。
4. ハワイは　海と　空＿＿＿　美しい。
5. 長い　旅＿＿＿　とても　疲れた。
6. 高く＿＿＿　安く＿＿＿、私は　かまわない。
7. この　バス＿＿＿　乗って、終点＿＿＿　降ります。
8. 姉は　大学＿＿＿　卒業して、銀行＿＿＿　勤めている。
9. まだ　いつ　結婚する＿＿＿　決めて　いません。
10. ご飯を　食べて＿＿＿、テレビを　見る。

第 16 回

＿＿＿の中に適当な助詞を入れなさい。

1. 店は　10時＿＿＿　開(あ)きます。

2. 今晩は　残業＿＿＿しなければ　なりません。

3. その　本を　読め＿＿＿　中国の　歴史が　分かる。

4. 毎日、30分＿＿＿　テニスを　している。

5. 忙しくても、寝る　時間＿＿＿は　あるでしょう。

6. 残って　いる　お金は　2千円＿＿＿　ない。

7. この　番組は　大人＿＿＿　子供＿＿＿　楽しめる。

8. 青木さんは　英語＿＿＿でなく、フランス語も　話せる。

9. 姉は　ピアノも　弾ける＿＿＿、歌も　上手です。

10. 「高橋です＿＿＿、けい子さん、お願いします」

第 17 回

＿＿＿の中に適当な助詞を入れなさい。

1. 彼女は　甘い物を　食べ＿＿＿　太(ふと)らない。

2. 風邪＿＿＿　引いて、頭＿＿＿　痛い。

3. 兄は　いつも　音楽を　聞き＿＿＿　宿題を　する。

4. 父は　会社の　社長＿＿＿　して　いる。

5. 戦争で　家族＿＿＿　財産＿＿＿　失(うしな)いました。

6. その　手紙は　航空便＿＿＿　出します。

7. 静かちゃんは　陶器(とうき)＿＿＿　興味を　持っている。

8. レストラン＿＿＿　喫茶店＿＿＿　たくさん　並んでいる。

9. ゴルフを　し＿＿＿、喉＿＿＿　乾(かわ)いた。

10. 字が　小さく＿＿＿、読みにくい。

____の中に適当な助詞を入れなさい。

1.これは　英語____　何と　言いますか。

2.朝　8時____　夜　6時____　学校に　いる。

3.この　雑誌は　二冊____　あの　本屋で　買った。

4.島まで　船____　行ったが、時間____　かかった。

5.車で　行く____、10分____　行けますよ。

6.料理は　天婦羅____　焼肉____　寿司です。

7.彼は　歌が　下手な____、皆の　前____　歌いたがる。

8.バスの　中で、隣の　人____　足____　踏まれた。

9.あの　人は　政治家と　いう____　芸術家だ。

10.その　靴は　両方____　大きすぎる。

第 19 回

＿＿＿の中に適当な助詞を入れなさい。

1. 春は　暖かい＿＿＿、秋は　涼しい。
2. 秋山さんは　大阪＿＿＿　出張した。
3. 暑さの　ため＿＿＿、病気に　なる　人が　多い。
4. お酒を　10本＿＿＿　飲んだので、胃が　痛い。
5. あの　映画は　面白い＿＿＿　思われます。
6. この　仕事は　二人＿＿＿　やれば、二日間＿＿＿　できる。
7. 試験中は　ほかの　人と　話し＿＿＿　いけません。
8. あの　子は　誰と＿＿＿　友達に　なれます。
9. この　帽子は　あの　赤い　帽子＿＿＿　高くない。
10. お金は　来月＿＿＿返して　下さい。

第 20 回

＿＿＿の中に適当な助詞を入れなさい。

1. 料理の　いい　匂（にお）＿＿＿　して　きます。

2. 日曜日＿＿＿　出社しなければ　ならない。

3. 本は　まだ　5ページ＿＿＿読んで　いない。

4. 恥ずかしくて　穴が　あったら　入りたい＿＿＿だった。

5. 品質が　良ければ　良い＿＿＿　売り上げが　伸（の）びる。

6. 外は　非常に　寒く、雪＿＿＿　降り出した。

7. もう　遅い＿＿＿、疲れたから、タクシーで　帰ろう。

8. 安く＿＿＿　あの　家だと、一億円は　するだろう。

9. 遅く＿＿＿　２時までに　来て　下さい。

10. これは　先生＿＿＿の　お土産として　買って　きた。

第 21 回

＿＿の中に適当な助詞を入れなさい。

1. 雨＿＿　降られて　濡(ぬ)れて　しまった。

2. 空港は　旅行＿＿　行く　人＿＿　こんで　いた。

3. 遅く　なって　すみません。バスが　遅れた＿＿です。

4. 竹内さん＿＿　結婚する＿＿を　知って　いる？

5. 家で　掃除＿＿　洗濯＿＿を　します。

6. 疲れた　時は　無理を　しない方＿＿　いい。

7. 兄が　私＿＿　かばん＿＿　運んで　くれた。

8. 彼は　何も　言わず＿＿、部屋＿＿　出て　行った。

9. 最後まで　走ろう＿＿　した＿＿、できなかった。

10. 私は　友達＿＿　荷物　＿＿持って　あげました。

＿＿＿の中に適当な助詞を入れなさい。

1. 信号が　赤＿＿＿　変(か)わる。

2. 娘を　医者＿＿＿　する。

3. 買物は　いつ＿＿＿　いい。

4. 朝早く　妹＿＿＿　起(お)こした。

5. テストは　不合格＿＿＿なった。

6. 歯＿＿＿　パンを　噛(か)む。

7. 赤ちゃんは　水＿＿＿　欲しい。

8. 田中さんは　今　席＿＿＿外(はず)して　います。

9. 山中先生が　最後＿＿＿　着(つ)きました。

10. 私＿＿＿は　それは　できない。

第 23 回

＿＿＿の中に適当な助詞を入れなさい。

1. 風邪＿＿＿　目まい＿＿＿　する。
2. 父は　釣り＿＿＿　出掛けた。
3. 朝＿＿＿　ずっと　雪が　降って　いる。
4. 岡山さんが　来る＿＿＿　待ちましょう。
5. 家に　入っ＿＿＿、もう　誰も　いなかった。
6. 約束の　時間＿＿＿間に合わない。
7. いい　週末＿＿＿　過ごした。
8. 海に　海水浴＿＿＿　行く。
9. 私＿＿＿は　金も　暇も　ない。
10. 坂道＿＿＿　下る。

＿＿の中に適当な助詞を入れなさい。

1. 空は　青く＿＿、とても　奇麗。

2. 秋に　なる＿＿、木の　葉が　黄色＿＿　なる。

3. 家は　工場の　側です＿＿、静かです。

4. この　問題は　子供も　できる＿＿　易しい。

5. すみません。よく　分かりません＿＿……

6. この　本は　小学生＿＿　読める。

7. 赤ちゃんは　泣い＿＿、笑っ＿＿する。

8. 泳い＿＿、川＿＿　渡った。

9. 二度＿＿ここへ　来たくない。

10. 風が　吹い＿＿、涼しく　なる。

第 25 回

＿＿＿の中に適当な助詞を入れなさい。

1. 早く　行けば　いい＿＿＿……

2. 生物＿＿＿とって　水は　不可欠です。

3. 家を　出る＿＿＿出ない＿＿＿の　うちに、雨が　降り出した。

4. 私有地＿＿＿　つき、駐車は　ご遠慮下さい。

5. 彼女は　アメリカ人＿＿＿　違いない。

6. こんな　悲惨な　生活を　続ける＿＿＿なら、死んだ方が　いい。

7. 教室で　喧嘩しない＿＿＿。

8. 一日＿＿＿　晴(は)れなかった。

9. 言う＿＿＿も　なく　学生の　本分は　勉強だ。

10. 結婚は　両親に＿＿＿　知らせなかった。

＿＿＿の中に適当な助詞を入れなさい。

1. 車は　小さい＿＿＿、よく　走る。

2. 教授に　なれる＿＿＿　ぜひ　なって　みたい。

3. 仕事は　必ず＿＿＿　楽しいこと＿＿＿ではない。

4. 山口さんは　大学＿＿＿　政治学＿＿＿　専攻した。

5. 休ん＿＿＿　登り、休ん＿＿＿　登りして、とうとう頂上まで　たどりついた。

6. 国＿＿＿　よって、風俗は　異（こと）なる。

7. 津波＿＿＿　死んだ　人は　少なく＿＿＿　百人は　いる。

8. 危ないですから、白線＿＿＿　下がって　お待ち下さい。

9. 死ぬ＿＿＿　外に　方法が　ない。

10. 失敗＿＿＿　恐（おそ）れる　必要は　ありません。

第 27 回

＿＿の中に適当な助詞を入れなさい。

1. 彼女は　借金＿＿　苦(くる)しんで　いる。
2. 湖の　水を　飲み水＿＿　利用している。
3. 演奏の　曲の　すばらしさ＿＿　感動した。
4. 入学式は　講堂＿＿　とり行(おこな)われる。
5. 事故で、400人＿＿の　人が　犠牲(ぎせい)に　なった。
6. 一錠(じょう)＿＿　この　薬を　飲んで　下さい。
7. 中村さんは　名医＿＿　知られて　います。
8. 青年＿＿　25才までを　言う。
9. 面白い　小説＿＿に、途中で　やめられない。
10. 去年、お金を　借りた＿＿で、まだ　返して　いない。

第 28 回

＿＿＿の中に適当な助詞を入れなさい。

1. 勝つ＿＿＿、二回も　負けた。
2. 日本＿＿＿　おける　石油の　生産量は　少ない。
3. 残念＿＿＿、旅行に　行けない。
4. 買物に　行った＿＿＿、閉店だった。
5. 商業の　発展＿＿＿　つれて、生活も　豊かに　なる。
6. 船は　出港した＿＿＿、行方不明に　なっている。
7. 歌い＿＿＿　歌って、たいへん　愉快です。
8. 人が　何を　言おう＿＿＿、心配しないで　下さい。
9. 外国へ　行こう＿＿＿、行くまい＿＿＿、私の　自由です。
10. 酒は　体に　悪いと　知り＿＿＿、止めない。

第 29 回

＿＿＿の中に適当な助詞を入れなさい。

1. やる＿＿＿には、最後まで　やりたいと　思う。

2. どんなに　一生懸命　働いた＿＿＿、生活は　楽に　ならない。

3. 彼＿＿＿に、こんな　大きな　仕事を　任せて　大丈夫？

4. 今、地震の　ニュースを　聞いた＿＿＿です。

5. 男の＿＿＿、弱虫だ。

6. 雨が　やみ＿＿＿　すれば、出掛られるんだけど。

7. 我が国の　農業は　発展し＿＿＿ある。

8. さっきの　態度＿＿＿　すると、彼は　謝（あやま）る　気は　全然　なさそうだ。

9. さすが　学生時代に　やって　いた＿＿＿　今でも　野球が　上手だ。

10. あんな　高い　食堂には　2度と　行く＿＿＿。

＿＿＿＿の中に適当な助詞を入れなさい。

1. その　ことに　賛成は　した＿＿＿＿、資金の　面で　心配が　ある。
2. 赤ん坊は　今にも　泣き出さん＿＿＿＿の　顔を　した。
3. 名医＿＿＿＿あって、患者が　多い。
4. たとえ　貧しく＿＿＿＿、親子　一緒に　暮らせるのが　幸せだ。
5. 一歩も　後退は　できない。ただ　前進ある＿＿＿＿。
6. 大学進学を　勧(すす)めて　いるのは、君の　将来を　考えれば＿＿＿＿なんだよ。
7. 考えないで　仕事を　引(ひ)き受(う)けた＿＿＿＿、ひどい目に　あった。
8. 電話＿＿＿＿　手紙なりで、知らせます。
9. 見舞いに　来ない＿＿＿＿　手紙ぐらいは　するものだ。
10. 家へ　帰るや　否＿＿＿＿、冷蔵庫を　のぞき込んだ。

正解と解析

第 1 回

1.て〔P.49上〕　を〔P.138上〕　2.の〔P.102〕　3.が〔P.7上〕　4.を〔P.138下〕　5.で〔P.57下〕　へ（に）〔P.115上　P.86下〕　6.で〔P.58下〕　7.も〔P.121中〕　8.から〔P.15上〕　まで〔P.118〕　で〔P.57下〕　9.より〔P.134下〕　10.に（から）〔P.90上　P.15上〕　を〔P.138〕

第 2 回

1.が〔P.7下〕　2.が〔P.7下〕　3.から（ので）〔P.15下　P.106〕　4.で〔P.58上〕　が〔P.8下〕　5.で〔P.57下〕　6.に〔P.91下〕　を〔P.138上〕　7.と、と〔P.67上〕　が〔P.8下〕　8.に〔P.90下〕　9.が〔P.10下〕　10.に〔P.85〕　が〔P.5上〕

第 3 回

1.だけ〔P.37中〕　2.で〔P.56〕　に（と）〔P.90上　P.64下〕　3.へ（に）〔P.115上　P.86下〕　に〔P.90下〕　4.と〔P.64上〕　の〔P.102〕　に〔P.85〕　5.に（から）〔P.90上　P.15上〕　を〔P.138上〕　6.も〔P.121上〕　7.に〔P.91上〕　8.に〔P.85〕　9.に（で）〔P.86　P.56〕　10.で〔P.56〕　を〔P.139〕

第 4 回

1.が〔P.7下〕　2.と（なり）〔P.68上　P.83中〕　を〔P.139〕　3.に〔P.85〕　4.を〔P.138下〕　へ（に）〔P.115上　P.86〕　5.を〔P.138上〕　に〔P.90下〕　6.に〔P.85〕　ても〔P.61上〕　7.に〔P.91上〕　8.の〔P.103下〕　9.も〔P.121下〕　が〔P.7上〕　10.に〔P.86〕　と〔P.67中〕

第 5 回

1.か〔P.2下〕 2.か（ね）〔P.2上 P.101上〕 3.に（へ）〔P.86 P.115上〕 と〔P.64下〕 4.を〔P.138上〕 5.が〔P.9上〕 6.と〔P.66上〕 7.を〔P.138下〕 と〔P.67中〕 8.が〔P.9下〕 9.と〔P.66上〕 10.に〔P.90上〕 を〔P.138上〕

第 6 回

1.が〔P.7下〕 2.に〔P.86〕 を〔P.138上〕 3.に〔P.90上〕 4.から〔P.15上〕 が〔P.7下〕 5.でも〔P.63〕 6.も、も〔P.120中〕 7.を〔P.138下〕 8.に〔P.90下〕 9.が〔P.10下〕 か〔P.2上〕 10.は、は〔P.109下〕

第 7 回

1.が〔P.7下〕 2.に〔P.85〕 が〔P.5上〕 3.に（へ）〔P.86 P.115上〕 4.が〔P.6〕 5.か〔P.2中〕 6.で〔P.57下〕 7.に（から）〔P.90上 P.16下〕 を〔P.138〕 8.と〔P.66上〕 9.たり〔P.46〕 10.と〔P.66上〕

第 8 回

1.に〔P.91上〕 2.が〔P.6〕 3.に〔P.90上〕 を〔P.138上〕 4.で〔P.57上〕 が〔P.6〕 5.か、か〔P.3中〕 6.の〔P.103下〕 も〔P.120下〕 7.に〔P.90下〕 8.を〔P.140〕 で〔P.56〕 9.で〔P.58下〕 10.な〔P.78中〕

第 9 回

1.に〔P.86〕 2.に〔P.91上〕 3.ば〔P.111下〕 ほど（だけ）〔P.117下 P.37下〕 4.と〔P.66上〕 5.に〔P.91上〕 6.か〔P.2中〕 を〔P.138上〕 7.に〔P.87〕 か〔P.3中〕 8.に〔P.89〕 9.で〔P.56〕 10.か〔P.2中〕

第 10 回

1.に〔P.90上〕 を〔P.138上〕 2.に〔P.85〕 が〔P.6〕 3.に〔P.90上〕 4.に〔P.90上〕 を〔P.138上〕 5.たら〔P.42上〕 6.ば〔P.110上〕 7.な〔P.78上〕 8.の〔P.105上〕 9.の〔P.102〕 10.か〔P.2中〕

第 11 回

1.が〔P.7上〕 ので〔P.106〕 2.が〔P.6〕 よ〔P.132上〕 3.から〔P.16中〕 4.で〔P.57上〕 が〔P.6〕 5.でも〔P.63〕 6.と〔P.66上〕 7.ばかり〔P.112下〕 8.に〔P.85〕 と〔P.66上〕 9.ぐらい（ばかり、も、ほど、は）〔P.21上 P.112上 P.120下 P.116上 P.109下〕 を〔P.138上〕 10.が〔P.6〕

第 12 回

1.と〔P.67上〕 2.は〔P.109中〕 が〔P.10下〕 3.を〔P.138上〕 から〔P.15下〕 4.が〔P.10下〕 ほど〔P.117上〕 5.と〔P.66上〕 6.が〔P.10下〕 7.だけ（のみ）〔P.37上 P.108上〕 8.も〔P.120下〕 9.が〔P.6〕 10.から〔P.16下〕

第 13 回

1.に〔P.86〕 2.が〔P.7上〕 3.が〔P.12上〕 4.は〔P.109下〕 5.か（でも）〔P.2中 P.63〕 6.と〔P.67中〕 7.が〔P.6〕 8.が〔P.7下〕 9.に〔P.89〕 10.に〔P.90上〕

第 14 回

1.で〔P.57上〕 に〔P.89〕 2.でも〔P.63〕 3.を〔P.138下〕 の〔P.103下〕 4.と〔P.66上〕 5.を〔P.140〕 6.に〔P.86〕 7.で〔P.57下〕 8.に〔P.91上〕

9.で〔P.57下〕　10.が〔P.5下〕　か〔P.2中〕

第 15 回

1.ば〔P.111上〕　2.のに〔P.107上〕　3.を〔P.138下〕　4.が〔P.7上〕　5.で〔P.57上〕　6.ても、ても〔P.61上〕　7.に〔P.86〕　で〔P.56〕　8.を〔P.139〕　に〔P.85〕　9.か〔P.2中〕　10.から〔P.16上〕

第 16 回

1.に〔P.87〕　2.を〔P.138上〕　3.ば〔P.110上〕　4.ずつ（だけ、ぐらい、ほど、ばかり）〔P.34下　P.37上　P.21上　P.116上　P.112上〕　5.ぐらい〔P.21下〕　6.しか〔P.31〕　7.も、も〔P.120中〕　8.ばかり（だけ）〔P.113上　P.37上〕　9.し〔P.30上〕　10.が（けれども）〔P.10下〕

第 17 回

1.ても〔P.61上〕　2.を〔P.138上〕　が〔P.6〕　3.ながら（つつ）〔P.80上　P.47上〕　4.を〔P.138上〕　5-A.や（と）〔P.128上　P.64上〕　を〔P.138上〕　5-B.も、も〔P.120中〕　6.で〔P.57下〕　7.に〔P.90上〕　8.や（と）〔P.128上　P.64上〕　が〔P.6〕　9.て〔P.49下〕　が〔P.6〕　10.て〔P.49下〕

第 18 回

1.で〔P.57下〕　2.から〔P.15上〕　まで〔P.118〕　3.とも〔P.76上〕　4.で〔P.57下〕　が〔P.6〕　5.と〔P.67中〕　で〔P.58中〕　6.と（や、に）、と（や、に）〔P.64上　P.128上　P.92上〕　7.のに〔P.107上〕　で〔P.56〕　8.に〔P.90上〕　を〔P.138上〕　9.より〔P.134下〕　10.とも〔P.76上〕

第 19 回

1.が〔P.11中〕　2.へ（に）〔P.115上　P.86〕　3.か〔P.3下〕　4.も（ほど、ばかり、ぐらい）〔P.120下　P.116上　P.112上　P.21上〕　5.と〔P.66上〕　6.で〔P.58下〕　で〔P.58中〕　7.ては〔P.59上〕　8.でも〔P.63〕　9.ほど〔P.117上〕　10.までに〔P.118〕

第 20 回

1.が〔P.6〕　2.でも（すら、も）〔P.62上　P.33　P.120上〕　3.しか〔P.31〕　4.くらい〔P.21中〕　5.ほど（だけ）〔P.117下　P.37下〕　6.まで（さえ、すら）〔P.119下　P.29　P.33〕　7.し〔P.30下〕　8.ても（とも）〔P.61下　P.76中〕　9.とも（ても）〔P.76中、P.61下〕　10.へ〔P.115下〕

第 21 回

1.に〔P.90上〕　2.に〔P.90下〕　で〔P.57上〕　3.の〔P.104下〕　4.が〔P.9上〕　の〔P.103下〕　5.とか、とか〔P.72上〕　6.が〔P.8下〕　7.に（の）〔P.90上　P.102〕　を〔P.138上〕　8.に〔P.93下〕　を〔P.139〕　9.と〔P.66上〕　が〔P.10上〕　10.の〔P.102〕　を〔P.138上〕

第 22 回

1.に〔P.89〕　2.に〔P.89〕　3.だって（でも）〔P.39下　P.63〕　4.を〔P.138上〕　5.に（と）〔P.89　P.66下〕　6.で〔P.57下〕　7.が〔P.8上〕　8.を〔P.138上〕　9.に〔P.87〕　10.に〔P.91上〕

第 23 回

1.で〔P.57上〕　が〔P.6〕　2.に〔P.90下〕　3.から〔P.15上〕　4.まで〔P.118〕

5.たら〔P.42中〕　6.に〔P.91上〕　7.を〔P.138下〕　8.に〔P.90下〕
9.に〔P.91上〕　10.を〔P.138下〕

第 24 回

1.て〔P.49下〕　2.と〔P.67下〕　に〔P.89〕　3.が（けれども）〔P.10上〕
4.ぐらい〔P.21中〕　5.が（けれども）〔P.11下〕　6.だって（でも）〔P.39上 P.62上〕　7.たり、たり〔P.45下〕　8.で〔P.50上〕　を〔P.138下〕　9.と〔P.68下〕　10.て（たら）〔P.49下　P.42上〕

第 25 回

1.ものを（のに）〔P.127　P.107下〕　2.に〔P.96上〕　3.か、か〔P.4下〕
4.に〔P.96下〕　5.に〔P.98中〕　6.ぐらい〔P.22〕　7.こと〔P.26〕　8.だって〔P.40〕　9.まで〔P.119上〕　10.すら（さえ、だって）〔P.33　P.28上　P.39上〕

第 26 回

1.ながら（のに）〔P.80中、P.107上〕　2.ものなら〔P.125上〕　3.しも〔P.32上〕　ばかり（だけ、のみ）〔P.113上　P.37上　P.108上〕　4.で（にて）〔P.56　P.99上〕　を〔P.138上〕　5.では、では〔P.59下〕　6.に〔P.95上〕
7.で〔P.57上〕、とも〔P.76中〕　8.より（まで）〔P.134上　P.118〕　9.より〔P.135〕　10.を〔P.138上〕

第 27 回

1.に（で）〔P.92下　P.57上〕　2.として〔P.69上〕　3.に〔P.92下〕　4.にて〔P.99上〕　5.から（ばかり、ほど、も）〔P.16下　P.112上　P.116上　P.120下〕　6.ずつ〔P.34〕　7.として〔P.69上〕　8.とは〔P.70上〕　9.だけ〔P.38下〕
10.きり〔P.19〕

1.どころか〔P.74〕　2.に〔P.97下〕　3.ながら〔P.80下〕　4.ところが（が、のに）〔P.73　P.10上　P.107上〕　5.に〔P.98上〕　6.なり（きり）〔P.84下　P.19〕　7.に〔P.93上〕　8.とも（が）〔P.77上　P.12下〕　9.が、が（と、と）〔P.12下　P.67上〕　10.つつ（ながら）〔P.47下　P.80中〕

第 29 回

1.から〔P.15下〕　2.ところで〔P.75〕　3.なんか〔P.82下〕　4.ばかり〔P.113中〕　5.くせに〔P.20〕　6.さえ〔P.28下〕　7.つつ〔P.48〕　8.から〔P.17上〕　9.だけあって（だけに）〔P.38中　P.38下〕　10.ものか（か）〔P.123　P.4上〕

第 30 回

1.ものの（が）〔P.126　P.10上〕　2.ばかり〔P.113下〕　3.だけ〔P.38中〕　4.ても（とも）〔P.61上　P.77上〕　5.のみ〔P.108上〕　6.こそ〔P.24〕　7.ばかりに（ので、から）〔P.114　P.106　P.15下〕　8.なり〔P.83上〕　9.までも〔P.119下〕　10.や〔P.128中〕

※解答中的「上、中、下」是表示該助詞出處頁數的「位置」，例如：

上
下

上
中
下

國家圖書館出版品預行編目資料

日檢N1～N5合格，助詞，一本搞定／潘東正著. --三版--. --臺北市：書泉, 2016.05
面； 公分
ISBN 978-986-451-060-3（平裝）
1. 日語 2. 語法 3. 能力測驗
803.189 105013544

3AZR 日文檢定系列

日檢N1～N5合格，助詞，一本搞定

作　　者 — 潘東正(364.1)
發 行 人 — 楊榮川
副總編輯 — 黃惠娟
責任編輯 — 蔡佳伶　簡妙如
封面設計 — 黃聖文
出 版 者 — 書泉出版社
地　　址：106台北市大安區和平東路二段339號4樓
電　　話：(02)2705-5066　　傳　　真：(02)2706-6100
網　　址：http://www.wunan.com.tw
電子郵件：shuchuan@shuchuan.com.tw
劃撥帳號：01303853
戶　　名：書泉出版社
經 銷 商：朝日文化
進退貨地址：新北市中和區橋安街15巷1號7樓
TEL：(02)2249-7714　　FAX：(02)2249-8715
法律顧問　林勝安律師事務所　林勝安律師
出版日期　2009年9月一版一刷
　　　　　2011年4月二版一刷
　　　　　2016年5月三版一刷
　　　　　2017年4月三版二刷
定　　價　新臺幣250元

※版權所有・欲利用本書內容，必須徵求本公司同意※

書泉出版社